丸戶史明

插畫／深崎暮人

Kadokawa Fantastic Novels

彩頁／內文插畫・深崎暮人

Content

\ 新生 /

blessing software

成員名冊

▼ 製作人

▼ 企劃、副總監、第一女主角

▼ 企劃、總監、劇本

▼ 音樂

▼ 原畫、CG上色

這篇序章請接在第十二集第二章後閱讀

「惠學姊！生日快樂！」

「謝、謝謝妳，出海。」

九月下旬，星期日的午後。

既沒有入眠也沒有醒著，始終在被窩裡翻來覆去的她，被枕邊的智慧型手機鈴聲拉回日常生活。

「我晚了一點才道賀，對不起！」

「因為來不及準備送學姊的生日禮物……」

「沒關係喔，妳不用那麼費心。」

依然仰臥在床的她，熟練地操作智慧型手機後，畫面顯示出朋友兼學妹兼同社團伙伴的生日祝賀訊息。

「與某人不同」的風趣驚喜使她稍微笑逐顏開，有節奏地用手指點擊畫面回應對方的祝賀。

「不！我不能那麼忘恩負義！」

「所以嘍，儘管遲了一些，我還是準備了生日賀圖～♪」

「哇，好高興喔。真的可以嗎？」

「啊，不過，出海，妳負責的原畫……」

多虧那不經意的互動，從原本籠罩於她腦袋裡的愁雲慘霧，終於有一絲陽光從縫隙間照射進來。

畢竟對她來說，昨天是人生中最糟糕的日子。

……呃，實際上，她確實有得到關注，也得到了可以接受的理由作交代，還得到了發自內心的賠罪，應該不需要那麼消沉才對。

即使如此，當時抱持的遺憾之念，與難以言喻的不安交織在一起，讓她到清晨都沒能睡著也是事實。

「沒有啦～對不起，其實我只是要報告進度（汗）。」

「啊……」

然後，看見智慧型手機畫面上，顯示出那張插圖的瞬間……

她那總算快要撥雲見日的心，又被愁悶完全覆蓋。

「從這週起，我終於開始畫巡璃劇情線的事件CG嘍！」

「但是對不起。我剛動工就忽略掉作畫順序了……」

「這張劇情事件CG，是『巡璃19』要用的。」

「妳看，就是巡璃和男主角即將接吻的那一幕！」

上頭畫著一名少女。

髮型是鮑伯短髮。

除此之外，沒有什麼能表示其特徵的符號性道具。

搭配繪師的實力，畫得十分可愛。

而且，實際上……畫中之人與她十分相像。

不過那是當然的。

畢竟，那名少女是她們社團製作的遊戲裡的登場人物。

……以她為範本設計出來的遊戲女主角。

「我強烈地覺得：巡璃好可愛喔～！」

「結果呢，變得無論如何都想畫～」

「唔……」

拿在手裡的智慧型手機掉了，她保持仰臥的姿勢，用雙手遮住臉。

因為那張自己的生日賀圖……不，用來替他們那款遊戲增色的劇情事件ＣＧ，揪住了她的心。

自己與劇本寫手一起重現其情境，以女主角身分演出來的……該怎麼說呢？那名少女是如此像個「女人」，簡直令她傻眼。

「惠學姊？」

「呃，妳覺得這張插圖，畫得怎麼樣呢？」

「不滿意的話，可以指示我重畫喔。」

「惠學姊～？」

當時，自己是這種表情嗎？

……不，自己被認為是這種表情嗎？

……還有，「他」曾看到也許曾露出這種表情的自己嗎？

「才沒有那回事喔，出海。」

現在提這個晚了一點，但她名叫加藤惠。

「我才沒有像妳畫的……這麼有『戀愛』的感覺……」

昨天，原本要跟身為御宅族而非男主角的男生（安藝倫也）在生日當天約會，結果卻遭到爽約的……傷心女主角。

第十二·二·五話　第三次正妻戰爭

「……好，這樣學妹劇情線和表親劇情線的線稿就ＯＫ了。辛苦妳嘍，出海。」

「好耶～～結束了～～！」

離都心略偏西邊，位於幽靜住宅區中的某間獨棟新屋。

星期日晚上九點多，無人島（D○SH村）開拓與世界盡頭之旅（阿○冒險中）都已結束時，從那間獨棟民宅的二樓響起了少女痛快的大喊。

不過，她仍然有克制在不至於打擾鄰居的音量就是了。

「不過，品質有點讓人在意……」

「咦？有哪裡畫得不好嗎？告訴我我就會改啊，哥哥……不對，總監。」

「相反啦。妳投注的心力超出原本的預期，這就是所謂的品質過剩……尤其是學妹型女角的畫工之細。」

「……啊～這個是那個嘛，呃，應該說她贏在年幼巨乳的角色設計呢，或者坦率可愛的性格設定～」

像這樣，在藉口中添加自我正當化與炫耀成分的巨乳可愛女孩，名叫波島出海。

就讀私立豐之崎學園一年級，同時也是遊戲製作社團「blessing software」的角色設計／原畫負責人、這個房間的主人，以及在幾小時前跟惠用ＬＩＮＥ交談的少女。

「不過，目前妳都有按照期程交圖，我不會跟妳多追究什麼啦。」

「對、對吧對吧？」

「但是，當妳要替這些畫得特別賣力的線稿上色時，也能如期完工嗎？別又賣力過頭，對品質堅持得超出預期，而讓進度越拖越慢喔。」

「……你那樣根本就是在追究了嘛，哥哥。」

「再說，線稿這種東西只是上色要用的指示圖，所以畫得簡單俐落也斷然無妨。在我認識的業界廠商中，託技巧高超的上色人員的福而被誤會有實力，讓人捧得過高的人氣原畫家可是不勝枚舉……」

「……那根本不是現在需要談的吧，哥哥。」

還有，像這樣在說教中添加抱怨與某業界黑暗面的褐髮俊俏青年，名叫波島伊織。

就讀都立櫻遼高中三年級，同時也是遊戲製作社團「blessing software」的製作人兼總監，年紀大出海兩歲的哥哥。這不是Girls side嗎？

「好，那麼出海，妳從下週要按照預定，開始著手第一女主角劇情線的原畫作業……」

「好期待巡璃劇情線喔～！光是目前完成的劇本，就一直讓我小鹿亂撞～！」

「……嗯，所幸各方面似乎都進展順利呢，從某種方面來說。」

伊織看了手邊出海不知道什麼時候畫好的巡璃劇情線原畫，洩漏出微妙的苦笑。

的確，目前為止，第一女主角叶巡璃的劇情線在「各方面」都進展順利。

儘管劇本進度曾出現停擺的狀況，不過這陣子天天都有文章寄來，速度用來填補那段空窗期仍有餘。

何況，不必靠出海誇讚，其內容就有「一直讓人小鹿亂撞（直擊特定客層）」的品質。

而且出海藉著劇本畫出來的巡璃……只要看過她初次下筆完成的第一張圖稿，就已經有了旗開得勝的保證。

無論角色的造型或視覺呈現，都不必靠社團代表誇讚，活脫脫地就是頂級再頂級（搖錢樹）的第一女主角……

「啊，對了，哥哥你知道嗎？聽說紅坂朱音小姐病倒了……」

「……這個消息妳是聽誰說的？」

一臉貪官樣的伊織原本正在心裡打著算盤，但出海一提到那個名字，他立刻繃緊放鬆的表情，並皺起眉頭。

「啊，我是聽惠學姊說的……她說倫也學長那邊有接到聯絡。」

「聯絡……倫也同學？」

當然，對於出海提及的情報，伊織早就掌握到了。

紅坂朱音——

過去伊織隸屬的龍頭級同人社團「rouge en rouge」的創立者，同時也是在商業領域獲得莫大成功的超凡創作者。

但是對伊織來說，相較於身為創作者的那一面，對方在擔任製作人方面給了他更加重大的影響，是教導他「為求大賣不擇手段」的偉大師父。

不知道是操勞過度或無端染疾，那樣的怪物據說在日前因為腦梗塞被送進醫院了，這是伊織從多方人脈都有聽聞的消息。

然而，連在八卦雜誌都可能被介紹成「消息靈通的A先生」的伊織，也有一條沒有掌握到的意外情報。

那就是出海剛才提及的，他的前老闆與現任老闆之間，有著「不為人知的關係」。

※　※　※

「喔～他好像找她討論過劇本寫作的事情喔。」

「倫、倫也學長……找鼎鼎大名的紅坂朱音討論過嗎！」

到了一週之始，星期一的放學後。

傍晚，在平時那間木屋風格的咖啡廳裡，放學回家的三年級生（惠）和一年級生（出海）感情融洽地隔著桌子面對面，聊起了有點嚴肅且缺乏花邊味道的八卦消息。

「那、那麼，學長今天之所以匆匆回家，是要去探望紅坂小姐嗎？」

「我想大概不是喔。他在星期六就去探望過了，當時聽說是沒有生命危險。」

「什麼嘛……早知道今天就邀學長跟我們一起走了～」

「啊，呃～……妳想嘛，他現在寫第一女主角劇本的狀況正入佳境啊。」

倫也之所以沒跟惠說一聲就匆匆回家，大概是因為要遵守星期六（參照第十二集第二章）跟惠在電話中的約定，暫時保持距離的緣故，這個推測很容易成立……

只不過，惠沒有像眼前的學妹那麼純粹，也沒有正直到會把那些事老老實實地說出來。

「話、話說回來，話又說回來！倫也學長好猛喔，居然能得到紅坂朱音的指導！這樣肯定會寫出神到不行的劇本吧！」

「喔～對啊，說得沒錯呢～」

因為如此，出海要察覺那些端倪還差了兩年火候，一下子就把話題帶回紅坂朱音身上。而隨口答腔的惠可以表現得若無其事，其厚黑程……其淡定程度要說厲害也不為過。

「是這樣啊，原來最近巡璃線的劇本會這麼鮮活，是因為學長接受過紅坂朱音特訓的關係啊～」

「……有嗎？就算他稍微討教過，我想也不會那麼快就出現影響就是了。」

「可是影響已經出現了啊！從『巡璃15』起，進入個別劇情線以後，我每讀三行就會滿地打滾！無論讀幾次還是會在同一個地方被萌到！啊～巡璃好可愛，巡璃好可愛喔！」

「………………謝、謝謝。」

「？惠學姊，妳為什麼要感謝我呢？」

「啊～不是啦，呃……能讓負責原畫的妳有動力，以副總監來說，應該可以算是無上的喜悅吧。」

雖然出海直截了當的讚賞，對惠的感官與情緒造成了或大或小、有羞有喜、忽冷忽熱、又痛又癢的種種影響。

即使如此，惠當然說不出「因為那篇劇本幾乎都取自他們倆的角色扮演互動」這種話，搗著支支吾吾地快要露餡的臉，再一面摀住差點漏口風的嘴，一面故作淡定。

「不過，不管怎麼樣，那位超忙的紅坂朱音竟然會幫我們社團，真是不得了耶！啊～早知道我就跟哥哥一起去探望她了。」

「…………………不用對她那麼敬畏吧。」

「……惠學姊？」

不過她能像這樣立刻黑化……呃，回歸自然本色，或許應該說真不愧是淡定的天之驕女。

「畢竟，我們社團根本沒有虧欠她。倒不如說，應該是她欠我們社團太多太多了。」

「啊，是、是的……」

半年前中途加入的出海，對紅坂朱音與「blessing software」……應該說，對英梨梨與詩羽脫離社團的事實原委只有客觀性的理解。

「或許那個叫紅坂的人，以業界來說確實是了不起的人物……不過像她那種人，對於小本經營同人社團的我們來說，其實應該是毫無關係的人啊……」

「學姊說得對！對不起，是我錯了！」

因此，出海只能靠本能來察覺自己踩到多大的地雷，而不是透過情報。

「討厭啦，妳沒有任何錯啊，不要縮成那樣嘛。」

「是、是、是……對不起，惠學姊。」

……不過，正因為出海的本能敲響了音量莫大的警鈴，才會讓她像這樣全面撤退。

「啊，不過這麼說來，哥哥的反應也有一點點跟剛才的學姊類似耶。」

「咦……？」

不過，那碼歸那碼，這碼歸這碼……

「基本上他都在擔心紅坂小姐，可是也曾經嘀咕著：『我可沒有聽說妳有在跟倫也同學聯絡』、『那樣說不過去吧，朱音小姐？』之類的話呢。」

「妳哥哥曾經那麼說……？」

縱使察覺力再怎麼優秀，波島出海終究是波島出海。

「是啊，他最後還說：『既然會弄成這樣，能先跟我商量一下就好了。』……」

她可以像這樣毫不看場合，自然而然地觸動到最能惹惱他人的那塊地方，或許應該說真不愧是憨直……不，坦率的天之嬌女。

「……就算找他商量，應該也不能怎麼樣吧。」

「咦……？」

所以出海會像這樣，把踩過一次的地雷再踩一次，也是常有的事……

「畢竟這是紅坂小姐與倫也之間的個人問題，就算妳哥哥是社團製作人，想要把成員的私生活全部掌握在手裡，我覺得不對耶。」

「惠學姊，可是妳剛剛才說紅坂小姐欠我們社團……」

「出海。」

「咦！」

在那個瞬間，惠確實是帶著笑容。

「這也不是多重要的事情，別再提了，好嗎？」

「是、是、是的！」

然而，出海在眼前一向溫柔的學姊臉上，感覺到絕不可探究的黑暗深淵差點就在那副笑容中現形了。

呃，大概是她的心理作用啦，大概。

※　※　※

「原來如此，她說那不是多重要的事啊……」

「呃、呃～那、那是指對社團而言喔。惠學姊個人還是很擔心紅坂小姐的喔。」

然後，幾小時後的波島家。

今天總監（哥哥）與原畫家（妹妹）同樣在出海的房間裡舉行進度會議……

出海不經意地講到了傍晚跟惠談話的內容，伊織一如往常地露出淺笑，然後梳起頭髮，回以雲淡風輕的反應。

「不過，加藤同學的意見確實正確……朱音小姐既不是社團成員，與我們要製作的遊戲也毫無關聯。」

「就、就是啊。紅坂小姐的事情確實令人擔心，不過，我們只能拚命地努力做我們辦得到的事……」

「……假如所有人都一致地那麼想，我也不必操多餘的心了。」

「咦……？」

接著，他拋出若有深意的話，表情同時從微笑變成憂慮，然後還是梳起了頭髮。

「妳忘了嗎，加藤同學……？」

「我是出海……」

「妳忘了嗎，出海？朱音小姐手上有《寰域編年紀XⅢ》喔。換句話說，她病倒的事肯定會對遊戲製作造成不少影響。」

「確實是那樣沒錯……不過，就算我們為此操心……」

「那不就表示，事態會對霞詩子與柏木英理的命運造成重大影響嗎？妳理解那點嗎？」

儘管用詞上做了訂正，但伊織似乎毫無意願訂正自己訴說的對象，斬釘截鐵地對當下的狀況作出表述。

「《寰域編年紀XⅢ》要是搞砸了，對奉獻一年時間給這部作品的那兩人來說，肯定會是一大打擊。妳能坐視那種事發生嗎？」

「哥哥……原來你那麼擔心霞之丘學姊和澤村學姊嗎？」

「怎麼會。去年就算了，那兩個人對現在的我可沒有任何利害關係。」

「那你為什麼會……」

「不過呢，就算我無所謂，倫也同學會坐視那種事發生嗎？」

「咦……？」

「倫也同學得知了朱音小姐病倒……得知霞詩子與柏木英理陷入危機了，此刻他正在想什麼呢？」

「啊……」

出海終於察覺到伊織想談的問題本質……

上一刻還覺得遠在天邊的危機，頓時變得事關己身，讓她有種烏雲降至眼前的感覺。

「並非掛念朱音小姐，而是在替霞詩子與柏木英理著想的他，會做出什麼行動呢？」

過去曾在同個活動中跟出海競爭銷量的勁敵。

而現在，儘管彼此身處不同領域，對方仍是出海的一大目標。

一直不斷在後頭追逐的金髮少女，那副好強的表情鮮明地甦醒於出海的記憶。

「我想得到幾種可能性……不過，倫也同學會選擇哪一種，又會抱持多大的覺悟面對，我就無法揣度了。」

「哥哥……」

出海口頭上呼喚的人，確實是伊織。

不過，她真正想要傳達的對象，目前不在現場。

「所以說，我無法當作這件事已經結束了……」

而伊織也一樣……不，他從剛才就始終如此。

「話說回來……我們社團的副代表，有沒有用那種廣闊的眼界看事情呢？」

他對目前不在這裡，立場又跟自己十分相近的人說。

「我在想，能像這樣考量各方面的事實，設想各種可能性後採取行動，不就是輔佐我們那位『瞻前不顧後代表（倫也同學）』的人該負起的職責嗎～？」

……儘管他的臉色在不知不覺中，又從憂慮轉變成了挑釁。

當然，伊織沒有對幫忙轉達的出海展現出本性。

※　※　※

「呼、呼、呼嗯～～～～～」

「那、那、那個～惠學姊……？」

隔了一天的星期二午休。

在以往被孤傲學姊（霞之丘詩羽）占領的學校頂樓長椅上，惠跟出海正一邊打開便當，一邊開心聊天。

「是喔……我不配當社團副代表嗎……」

「那、那、那個，學姊也不用說得那麼嚴重……」

……若要如此敘述，她們倆之間的氣氛莫名地危險，顯得一觸即發就是了。

「我沒有用廣闊的眼界看事情……沒有設想到各種可能性……還真是糟糕呢。」

「我、我說過了！那全都是哥哥的意見！我並沒有那麼認為！」

儘管出海淚汪汪地對惠險惡萬分的臉色和語氣感到害怕，即使如此，她仍拚命想要安撫惠，還特別強調自己只是傳聲筒。

……呃，雖然只要她識相地放棄傳聲筒的任務，事態就不會落到這種地步了。

「不要緊，不要緊喔，妳沒有任何錯，出海……因為真正的敵人另有其人。」

「請不要扯到什麼敵人啦！還哄抬得像是最終魔王一樣！」

唉，正因為她辦不到，在社團裡才會被認定具有親和力，同時又意外地備受戒懼。

「沒有啦。我真的是在開玩笑喔，出海。」

「是玩笑吧？真的是玩笑吧？既然這樣，惠學姊，拜託妳以後不要再開玩笑地擺出那種表情和語氣了！我一輩子就求妳這一次！」

惠把自己的手放上出海瑟瑟發抖的手上後，這才露出真正溫柔的表情，並開導似的用一如往常的隨和語氣對她說：

「因為我跟倫也有勤快地保持溝通。」

「是、是嗎？」

「嗯，他確實非常擔心那兩個人。還提到《寰域編年紀》不知道會變成怎麼樣。」

「不、不過，那就更讓人在意……」

「但我還是跟他說好了。」

「說好什麼呢？」

「『接下來，要心無旁騖地全力投注於我們的遊戲上面』──妳懂了嗎？」

「啊……」

順帶一提，惠的記憶（讀了第十二集第四十二頁就會明白）是否正確並無定論，但是口頭上提出約定的是惠，而倫也只說「我了解」。

「所以，我們要相信他。」

「惠學姊……」

「我們要相信他，相信倫也……」

不過，他們之間確實說好了是事實，而那在「惠的心裡」或許是僅屬於他們兩個且值得信任的誓約。

但……

「啊，對了，哥哥還曾這麼說過。」

「咦？他怎麼說？」

「萬一學姊刻意強調『要相信倫也同學』，肯定就是無法完全寄予信任的證明。」

「……………………」

但是，對至今遊走過各式各樣的社團，體驗過種種人際糾葛（不分彼己）的伊織來說，要找出那種情感上的破綻，比從同人誌挑錯字還要容易。

「奇、奇怪？咦？惠學姊？」

「出海，我跟妳說喔～」

「噫～～！」

「我在想……像他那樣，講話老是雞蛋裡挑骨頭，以為人處事來說，是不是非常非常不妥當呢？」

「那、那個，他姑且是我哥哥……」

「我想呢，在無法信任成員的製作人底下，到最後是不會有任何人留下來的……啊，所以他才不得不辭掉之前的社團嗎？」

「惠學姊～～！」

唉，只要出海沒有老老實實地講出那些話，事情也就不至於落到這（以下略）。

※　※　※

「聽好嘍，出海。製作人需要的不是為人方面得到信賴，而是讓組織圓滑運作的能力。」

又過了幾小時後的波島家，出海的房間。

「硬是靠情感論或精神論帶動人心，創造大規模奇蹟的製作人確實存在……不過，那種人往往會在金錢、交貨期限或品質方面出問題時，立刻拋下過去景仰自己的成員溜掉，之後又若無其事地另創社團或公司復出。至今我看過好幾個人符合這種案例。」

伊織一面在房間裡繞圈走動，一面照慣例在梳起頭髮同時談到的，是他身為社團製作人的自尊。

「因此，我主張的看法是……製作人真正需要的並非領導能力，而是時時保持冷靜，察覺有問題發生就迅速摘除禍苗，讓事情順利運作的能力。哪怕會被所有成員討厭。」

「我受夠了啦～哥哥，那些話你直接去跟惠學姊說啦～！」

……然而，乍聽之下似乎說得通的那套道理，對始終被耍得團團轉的出海而言，已經半點都聽不進去了。

「出海，我問妳，基本上妳覺得她會聽我的意見嗎？」

「多虧哥哥，現在惠學姊連我的意見都不聽了！」

可靠的兄長與溫柔年長的朋友嚴重對立（而且感覺一點都不傲嬌），儘管出海總算是目睹了雙方的那層關係（先不吐槽她之前都沒有發現）而變得淚眼汪汪且帶著哭腔，她還是拚命做其他事……滑智慧型手機逃避問題。

「總之，所以我自認這個社團需要我……在強硬的領導（倫也同學）底下，萬一他惹出了問題，到時有我可以冷靜應對。」

「…………」

「……出海？」

即使哥哥的漫長演講終於結束，出海也沒有抬起趴在桌上的臉龐。

她總算捨棄自己身為傳聲筒的（無謂）立場，不轉達任何意見，也不聽取任何意見，只是靜待風暴過去……

「啊，有回應了。」

「咦？」

不，並非如此。

「所以我自認這個社團需要我。」

「萬一他惹出了問題，到時有我可以冷靜應對。」

「……我哥哥是這麼說的。」

「喔～」

「出海，妳哥哥自恃甚高呢。」

「不過，那只是他一廂情願的想法吧。」

「……喔～」

出海將自己在ＬＩＮＥ上的交談畫面遞給伊織看。

不過，交談的對象自然不用多提……

「哥哥，你有沒有什麼要表示的？」

沒錯，出海並沒有捨棄傳聲筒的立場。

她只是變成純度比以往更高的正牌傳聲筒……

簡單來說，只是淪為單純的留言板罷了。

「還真敢說別人一廂情願呢……」

「還真敢說別人一廂情願呢……」

「他說的。」

「那、那個～所以說，我哥哥起碼也是社團成員……」

「唉，我就知道妳會那麼說。」

「不過，妳們在倫也同學出狀況時，有辦法保持冷靜嗎？」

「難道不會有流於情緒化，而無法做出最佳判斷的風險嗎？」

「不過，那部分有我可以協助。」

「不，大家足以應付。」

「由出海、冰堂同學還有我協助。」

「可以啊。」

「等、等一下啦，哥哥……」

「當然可以。」

「反應真快呢。」

「可是妳在現下就顯得情緒化了。」

「因為這是不需要多想的問題，我才答得快而已。」

「妳們應該幫得了倫也同學。」

「可是，妳們幫得了社團嗎？」

「能確實地推動並製作遊戲嗎？」

「都叫你不要挑釁了……」

「……跟你談這些，果然是多說無益吧。」

「啊啊！對不起，惠學姊！」

「不，出海，妳完全沒有錯喔。」

「咦……咦～要這樣回嗎？」

「所以說，妳不用一一聲明。」

「呃，對不起，接下來逐字逐句完全是我哥哥講的喔。」

「我想到頭來，妳還是會流於情緒化耶。」

「妳會哭，而且讓倫也同學困擾。」

「畢竟，妳是比外在呈現得更沉重的女朋友。」

「不可能會有那種事。」

「我才不可能哭。」

「我才不麻煩。」

「我才不會讓倫也困擾。」

「麻煩你，別再發表那種可悲又一廂情願的看法了。」

「……妳變得挺饒舌的呢。」

「若是真相被我說中了，我向妳道歉。」

「道歉跟對話都不必了。」

「失陪。」

「啊啊！惠學姊！」

「對不起！明天學校見～！」

經過這一天後，時間到了星期三夜晚（第十二集第五章）……

簡單來說，就是伊織獲判勝利的那一刻。

第十二・四・五話　不起眼**女主角**培育法around 30's side-♭

「噯，阿苑。」

「怎樣，茜？」

都心東邊，聳立於河岸旁，豪華到讓人覺得高級飯店也不過爾爾的某棟綜合醫院。

「我肚子餓了，幫我叫披薩。」

「真是的～婆婆，妳剛剛才吃過晚飯吧。」

在其中一間果然豪華得幾乎會誤以為高級飯店客房的病房裡，有對年紀相仿（接近三十）的病患與探病訪客，而非婆媳。

「那點量怎麼填得飽肚子，妳這惡媳婦。」

躺在床上且身穿睡衣的黑長髮女性，名叫紅坂朱音（本名：高坂茜）。

於近十年內一舉席捲御宅族業界，憑著每天生產的動畫及漫畫，工作量及人氣都高到沒有一天不見其名號的超凡創作者。

……然而，現在卻成了罹患腦梗塞，天天在這間醫院過著軟禁生活的可悲住院病患。

「不過，嚇了我一跳呢，茜。」

「什麼？」

「妳居然會跟TAKI小弟吵那種幼稚的架……啊，我不是在否定幼稚，畢竟全業界都曉得妳是條瘋狗。不過在共通認知裡，妳會咬的基本上只有業界人，不會對消費者出手。」

「……妳是為了讓我氣到早死才派來的刺客還什麼嗎？」

另外，坐在床邊的椅子，身穿黑色套裝且同樣是黑髮的短髮女性，名叫町田苑子。

任職於業界尚屬大宗的不死川書店，當了編輯十年左右，目前擔任副總編仍伺機爬上更高的地位……呃，仍天天都在奮鬥的犀利編輯。

……然而，現在卻成了被迫放下本業，還得優先照顧腦梗塞大作家的可悲看護。

「那場架本來就是對方挑起的。誰教他死纏不放地問我的遊戲（寰域編年紀XIII）製作進度，囉哩囉嗦地出意見，還自顧自地發飆……」

「不過，如果那只是『消費者的戲言』，妳也不會聽進去吧？這表示妳把那些當成了『刺耳的重要意見』對不對？」

「……天曉得。」

身為病患與訪客、作家與編輯，同時也是大學時社團伙伴的兩人，聊到的是幾小時前發生的事。

關於對朱音正在製作的遊戲胡亂干預，結果還跟腦梗塞患者大吵一架，最後甚至代為接下了那款遊戲的管理工作，行為不合本分又莫名其妙的普通高中生（安藝倫也）。

但是，之所以會招惹到如此麻煩的事態，他本身容易失控的性格自是不提……

「對了，茜，聽說妳在昏倒時，也一直惦記著他的事情，還特地想跟他聯絡對吧？那是為什麼？」

沒錯，不慎將自己身陷危機的事實告知他的朱音也有問題。

「……沒什麼特別的理由，我只是有點在意罷了。」

「對登場人物的行為都要求合乎邏輯的妳，卻放棄替自己的行為找理由？」

「真的沒有大不了的理由……只不過，他是上星期唯一在工作之外跟我通電話的人而已。」

「先不管妳這孤獨單身女的現實處境，你們談了些什麼？」

儘管老朋友的口氣不知道是在嗆人、逗人、損人或以上皆是，讓朱音回以打從心裡感到有些厭惡的臉色……

就算這樣，還算配合的她為了回想一週前的狀況，把手放上額頭並斟酌用詞。

「我陪那傢伙商量他製作的遊戲。當時他寫的劇本似乎沒有進度。」

「……結果妳說在工作之外聊到的也是別人的工作呢。」

「妳好像無論如何都想把我歸類成『既沒有可以敞開心房的朋友，也沒有男人的可悲女

人』……」

「算了。所以呢，妳就一直把那件事放在心上？內容有那麼嚴重？」

「不，當時真正碰到嚴重問題的，其實是我。」

「什麼意思？」

「當我正好全身搖搖晃晃站不穩的時候，接到了他的電話。」

「…………啥？」

「哎呀，現在回想起來，那就是一開始的自覺症狀呢。哈哈哈。」

「茜～～～～～～～～～！」

話雖如此，她難得斟酌過的用詞，還是無法緩和對町田造成的衝擊。

「妳那是怎樣！表示之前就有徵兆了嗎？而且，當時妳還處於能跟人求救的情況！」

「嗯，現在想想，也是可以那麼說。」

那種裝蒜過頭的口氣讓町田忘了這裡是醫院，也忘了朱音目前的狀況，朝著不該責備的病人追究責任。

「只能那麼說啊！妳那時候怎麼不跟安藝小弟求救！」

「妳傻了嗎，阿苑？我怎麼可能那麼做。」

「為什麼！妳不好意思依賴男高中生？別說蠢話了！妳只要說一句『幫我叫救護車』就行了

啊！」

「我不可能叫救護車吧。」

「就說為什麼啦！」

然而，面對町田那不講理的追究……

「因為當時我們在談遊戲。」

「…………啥？」

朱音用了徹底意味不明的藉口來辯駁。

「而且，我們談的是美少女遊戲中最重要的第一女主角劇本喔。那是決定一部作品成敗的最大要素，我總不能不聽。」

「說什麼蠢話啊……」

「噯，別因為對方是外行人就不當一回事喔。他的企畫擬得比想像中的好上許多。」

「我不是在跟妳說那些～～～～！」

至今為止，町田曾經親暱地用「犯神○病的創作者」稱呼眼前的老友好幾次。

但她現在深刻體認到，自己的認知過於真實且正確，背脊流竄著既冷又熱的感覺。

「阿苑，等我說完嘛。他那款遊戲可以靠主線劇本變成大作喔……我懂了，畢竟那傢伙是在霞詩子底下磨練出來的。仔細想想，就算懂得寫劇本也不奇怪……」

「我覺得妳的思路才奇怪到不行……」

有時是所有作品合計達成銷售量破百萬佳績的天才作家。

有時是不管怎樣都要讓自己的跨媒體作品成功的蠻橫製作人。

有時更是把自己中意的人才全部弄到手之後，既能讓人一飛升天，也能讓人就此崩潰的超獨裁老闆。

但她的真面目其實是……為了創作，對自己或別人的作品都願意拚盡全力，甚至可以奉獻生命……應該說，連自己獻出了生命都沒有發現的天生創作者。

「茜……妳從大學時就完全沒變啊……」

「是嗎？換成那時候，我就算熬夜再多天，也不可能像這樣住進醫院啊。」

憑著可說是老奸巨猾的精神力，驅策三十歲就毛病百出的肉體，同時只有判斷能力形同小孩一般，如此身心不均衡的女性……

目前正用不聽使喚的右手握著復健球，依舊像個孩子一樣純真，不斷握了又放，放了又握。

她的表情顯然相信自己會康復，感覺不出絲毫懷疑。

「妳想，大學時我也曾連續熬夜一星期，把《寰域編年紀VII》練到九十九級吧？在千千那間公寓。」

「……對了，妳不只是幫我，也幫千歲取了那種不長眼的綽號。」

沒錯，那是十年以前。

當時是早應大學一年級的她們幾個，適逢漫研社報名參加comiket，在暑假期間被定下「只由三名新生合出一本同人誌」的課題。

打著集宿名義，跑進獨居的社團伙伴住處，還把原稿晾在一邊，只顧玩遊戲新作的那段懷念時光。

「我都說要不關機玩到破關了，妳們卻一直嫌那是爛遊戲。」

「真敢講，抱怨最多的明明就是妳。」

「我是用積極的心態主張『這裡改成這樣會更好』，所以不要緊。妳和千千都只會對系統和劇情嫌東嫌西，根本沒有建設性～」

「對對對，妳玩到一半還對我們發飆：『只會發牢騷就別玩了！』」

「玩到最後，我們都不講話了～」

「可是都沒有人要回家，還默默地輪流練等級～」

「後來千千偶然發現有隱藏的迷宮……」

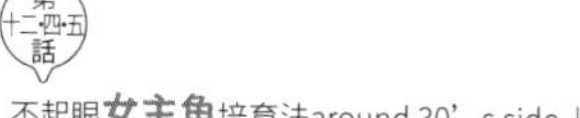

「所有人興奮得抱在一起呢～明明上一刻還不肯講話的說。」

「我們幾個真傻耶，那時候。」

「妳現在也一樣傻就是了。」

於是，町田想起來了……

高坂茜從那個時候就是常常大談創作論或故事論，若是聊到「自己想出來的最強作品」，可以說上好幾個小時都回不了魂的棘手御宅族。

「嗳，阿苑。」

「怎樣？」

「總覺得……像這樣跟妳緬懷往事……」

「會想回到那時候？」

「不，我在想這是不是立下了我會這樣一病不起的旗標。」

「別為了追求趣味就把自己的人生也當作『故事』啦，白痴。」

而且，她現在依舊是個棘手御宅族，一點都沒變。

「對了，千千也常來探望我，但是妳們絕不會在這裡碰面耶。事先講好的嗎？」

「碰巧的啦，碰巧不見面而已。因為我們互相討厭，雷達就特別靈敏。」

「妳們什麼時候交惡成那樣了？」

「妳中途退學以後，發生過不少事情啦……」

「是那個嗎？妳們倆曾為了搶男人而互甩耳光嗎？不然妳試著跟我說詳細點吧，我會付妳原作的費用。」

「……很遺憾，我們都完全找不到那種緋聞。還有妳別擅自把別人的經歷改編成作品。」

「妳們兩個怎麼都沒有男人緣啊？除了宅以外，我覺得妳們都是好女人啊。」

「我們『三個』都一樣……我才想問妳，差不多可以養個除了長相以外別無優點的無業小鮮肉，讓他替妳打理日常生活了吧？那應該是女作家的地位象徵吧。」

「……阿苑，妳要對女性創作者抱持什麼樣的偏見都隨妳高興，但妳覺得我是個將飯桶留在身邊還能忍受的人嗎？」

「茜，妳還是那一套嗎？理想對象是『能以創作者身分跟自己並駕齊驅的男人』。」

「無法接受或給予刺激的伴侶，根本沒有存在的意義吧？」

「……符合喜好的門檻太高了啦，妳的性格有問題啦，妳真的無藥可救耶。」

「妳們跟難處多多的我一樣沒男友經歷長達〇年不是更慘嗎？」

雙方講話就像墮落的大學生，感覺實在不像副總編與知名作家，而朱音的臉色在對話過程中逐漸改變了。

「是嗎，霞詩子又要出新作了嗎？」

「畢竟你們那邊的劇本總算告一段落了。得趁早用兩部作品輪流綁住她，以免多受騷擾。」

「……妳真的是為她著想而那樣安排的嗎？」

「開玩笑的啦。那是因為是小詩主動向我提出企畫的。」

「喔～霞老師挺有鬥志的嘛。」

「內容也滿拚的喔。該說是霞詩子的新境界……或者本質？其實我們部門正愁找不到取向合適的書系。」

「她終於也下定決心要在『這個業界』討生活了嗎？」

「……別笑得那麼惹人厭啦，我在短期內不會把她讓給妳喔。」

「我明白了，我只等妳一年。在這段期間，妳要讓她之前的作品改編動畫然後播完。」

「妳還是被幽禁在這間醫院好了。」

從平時不太會展現的開心神情，變成平時完全不會展現的安詳表情……

「啊～我有點累了。」

「畢竟今天發生太多事情啦……妳差不多該休息了。在妳睡著以前，我會留在這裡。」

「嗯，就這樣吧……」

朱音帶著那安詳的表情，語氣安詳地輕輕閉上眼睛。

「之後就拜託妳嘍，阿苑。」

「雖然提不起勁，不過交給我吧……我會跟TAKI小弟一起努力。」

如町田所說，今天真的發生了太多事情。

早上，當朱音打算溜出醫院時，逮住她的是單純相識的男高中生。

單純相識的那個人，居然強行干預她灌注靈魂的作品（寶域編年紀XIII）。

而她居然接受了對方那種「不合於理的干預」。

「高興吧，我有十年沒向別人低頭了。」

「十年前……是妳在商業領域出道的時候？」

「不，是我的作品第一次敲定要改編動畫時，雖然只留下了令人反胃的回憶。」

「……喔～」

「這次可不要讓我後悔喔。」

「全得靠別人還擺那種態度，真是值得尊敬。」

「隨妳說。」

儘管那項決定的背後，有苦澀、悔恨、擔心與種種負面情緒在打轉。

即使如此，最後留在盒子底部的希望卻顯得格外耀眼。

「……掰啦，阿苑。」

「晚安，茜。」

因此，朱音毫無牽掛地閉上眼睛了。

相隔十年，信任自己「以外」的助力。

「…………」

「…………」

「…………」

「…………」

「…………」

「……茜？」

「…………」

「嗳……」

「…………」

「茜？茜！妳有聽見嗎！」

「……我說阿苑，就算剛才那段對話很像臨終前的道別，但我也不會那麼容易就死吧。」

「就、就、就、就是說嘛~~~~~~！」

第十二·五·五話　Ota:CREATORS

「嗯～……」

九月下旬（上一章的隔天）的星期四。

即使白天仍感受得到堪稱餘夏的暖意，氣溫到了放學後也會下降許多，是由夏轉秋的季節。

「唔嗯～」

在形容成涼爽也不為過的傍晚時分，從音樂教室傳來的是民謠吉他斷斷續續的旋律，以及少女的嘆息。

沒錯，在這部作品提到吉他與音樂教室時就能輕易推測出，這裡是相鄰於東京都的某縣女子高中。

更容易推測到的是，目前正在那個地方演奏那項樂器的人……

「辛苦了～！咦？美美？」

「啊～小時，辛苦了～」

沒錯，正如同現在匆匆走進音樂教室的第二名少女介紹的一樣，那個人是美美——冰堂美智留。

就讀於縣立椿姬女子高中三年級，在遊戲製作社團「blessing software」擔任配樂作曲及主題歌演唱者，跟社團代表倫也有表親關係的少女。

「怎麼了怎麼了？妳會這麼早到，很稀奇耶。平常都要等大家調音和暖身結束才慢吞吞地出現，而且最擅長用毫不在意的態度，嬉皮笑臉地惹火我們的美美居然已經到了。」

「……嗳，小時，我們是樂團伙伴吧？我們是有愛的『icy tail』吧？」

嗯，沒錯。然後呢，這位快言快語地猛講毒辣台詞的少女，則是美智留剛才介紹到的女子樂團「icy tail」吉他手——姬川時乃。

她跟美智留同樣在椿姬女高讀三年級，綁成側馬尾的頭髮晃個不停，時時醞釀出小動物般的匆促感，有如樂團的吉祥物。

「嗯，不管那些了，妳在幹嘛？作曲嗎？」

事到如今，時乃不會浪費唇舌跟任性悠哉女辯駁，而是探頭看向美智留眼前立著的樂譜架。

「差不多啦。要說在作曲的話是沒錯，要說不是的話就什～麼都沒做。」

「……換句話說，就是沒有進展。」

五線譜上到處畫滿的音符與註解，還有數量更勝於彼的無數叉叉記號及刪除線，道出了美智留的奮戰有多激烈與辛苦。

「雖然到副歌前段為止，我在昨天晚上就譜好了～」

接著，平時一向樂天的美智留用罕見的委靡語氣、表情及態度，隨手將吉他用力彈響。

「所以說，妳是卡在副歌？想不出曲子，還是詞？」

「兩種都想不出來～」

「……要不然，先設法完成曲或詞其中一邊呢？話說，一般都是曲子先吧？」

「不不不，那樣不行啦。沒有把腦子裡猛然想到的東西一鼓作氣化成言語，再錚錚錚地彈出來，就譜不出好歌啊。」

「……除了妳以外，我沒聽過有誰是那樣作曲的耶。」

時乃對美智留那從某方面來說頗為天才（長〇茂〇）的作曲方式感到傻眼，但還是對她塗得滿江紅的譜紙上的某個字眼起了反應。（註：棒球選手長嶋茂雄在教導打擊訣竅時曾說過一樣抽象的話）

「片尾曲……？」

「嗯，遊戲結尾要用的。」

「呃，那不是之前就譜好了嗎？」

應該說，在時乃的印象中連錄音都已經結束了。

當時作曲家兼演唱者的指示比平時更加細膩而嚴格，一再大罵要重錄，有好幾次差點讓團員們受挫，卻還是設法在日期改變前錄好了那首寶貴的曲子才對。

「啊~那是給我……不對，那是給表親型女角用的片尾曲啦。」

「等一下，美美，妳剛才隨口講了頗有玄機的話對不對！」

美智留的回應才短短幾秒鐘，時乃就不由得從中感受到無限可能性……當然，都是負面的。

慘烈到好比要自創魔球的那次地獄特訓，該不會只是出於作曲家兼演唱者（只為了炒熱自己那條劇情線）的私心吧？

而且，那是表親型女角的曲子，表示以戲分比重而言，她分了那麼多資源給那個邊緣再邊緣的（以下經審閱刪除）角色嗎？

還有還有，既然她特地篩選出「表親型女角」這一個角色……

「美美，難道說……妳想幫所有女角各譜一首片尾曲？」

「咦？一般不都是那樣嗎？」

「片尾曲一般就一首啦！」

沒錯，那無非代表了之後還有四次慘烈的地獄在等著她們。

「可是我玩了之前借來參考的遊戲，好像每個結局都會播不同的歌耶。」

「……妳跟誰借了什麼來玩？」

時乃一瞬間有股衝動，想拿著遊戲包裝盒到廚房大吼：「是誰讓她玩這款遊戲的！」不過她硬是忍住，還盡可能冷靜地問了美智留。

但是，她得到的回答……

「啊，抱歉，是我借給她的。」

「叡智佳～～！」

並非來自美智留，而是從音樂教室剛才被打開的門那邊傳了過來。

※　※　※

「哎喲～因為美美之前說『借我催淚的美少女遊戲』嘛……」

毫不愧疚還懶洋洋地像這樣找起藉口的，是在「icy tail」擔任貝斯手的水原叡智佳。

她跟另外兩人一樣就讀椿姬女高三年級。有張雀斑臉配短髮，總是用慵懶的態度隨興過活，是樂團裡的智多星。

「哎喲，妳想嘛，我對遊戲是外行人啊，所以覺得還是要玩一次看看才可以～」

「美美的上進心值得稱讚，不過叡智佳挑的範本根本有問題吧！」

「哎呀～我沒想到那個美美居然會把那款劇情長到要命的遊戲玩完……」

「叡智佳，我跟妳說喔。美美他們在做的是『由一群合得來的社團伙伴當興趣製作的同人遊戲』喔，可不是『誤判市場而砸太多錢回不了本讓公司潦倒的商業遊戲』喔！」

此外，在這裡要先聲明的只有一點，無論腦海裡此時想起了哪款作品都切莫多提，應該封藏於各自內心才是。

「好了啦，小時，妳別對叡智佳那麼凶嘛。」

「不不不，都是她灌輸多餘的觀念，才害大家練得那麼慘。話說正犯（美美）包庇主犯（叡智佳）這點，被害者（我）也完全無法接受！」

「可是……多虧於此，我受到了相當強烈的刺激，甚至讓我立誓要替我們那款遊戲配上最棒的曲子才行。」

「咦？」

「美美……？」

從美智留平時的調調難以想像她會說出這麼真誠的話，不只是時乃，連叡智佳都表情訝異地望著理應一向悠哉的王牌主唱。

「其實呢，跟叡智佳借過遊戲以後，我也從阿倫家拿了好幾款遊戲。然後拚命多玩，拚命多聽。」

「美、美美？」

「妳玩了……好幾款美少女遊戲？」

「坦白講，遊戲本身有不有趣倒不好說……不過，裡面用的配樂非常有意思喔。」

仔細想想，美智留今天從一開始就很奇怪……呃，跟平常不一樣。

「遊戲用的曲子非常自由呢……只要跟情境搭得上，無論是曲調或節奏，甚至音樂類型都百無禁忌。」

明明她天天都可以譜出樂團或遊戲的新歌，隨後就能靈巧地自己彈出來，還取笑團員們趕不及學會怎麼彈。

「遊戲裡的演唱曲也是，搖滾、流行樂、偶像風、重金屬樣樣都來，什麼風格都不斷有人挑戰。」

「是啊是啊，遊戲確實不太管曲子長度那些的。」

「可以看出廠商在喜好上的濃烈色彩呢～」

「嗯，所以我反而感覺有壓力，手就停下來了。」

然而現在，她不是明顯擁有過多才華的美智留。

她在樂譜上掙扎，在吉他弦之間掙扎，在洋洋詞海中掙扎。

「畢竟要在這麼多有趣的曲子中拚高下……那麼第一女主角的曲子，起碼要做成從來沒有人聽過的最佳傑作才行啊，不是嗎……？」

「…………」

「…………」

其實那道門檻，跟之前製作人（伊織）對劇本寫手（倫也）定下的標準不約而同地契合了。

美智留沒有從任何人口中接到那樣的指示或要求，自己得出了同樣的結論並為此苦惱。

會察覺那一點，正是她身為天才的證明，或者……

「美美，妳好像終於更上一層樓了呢……」

「……咦？」

這時，那個答案並非來自時乃與叡智佳，而是音樂教室剛才被打開的門那邊……

「不，藍子，妳才該早點更上一層樓喔。」

「因為妳成績好，大家才讓妳當團長啦～不過話先說在前頭，團裡技術最差的是妳喔。」

「……妳們好過分。」

※　※　※

「那、那麼為了苦惱中的美美，今天大家一起來想第一女主角的片尾曲怎麼作曲吧！」

「真、真可靠耶！麻煩大家幫忙嘍～！」

「所以嘍～藍子也過來啦～別窩在角落那邊洩氣～」

「……不用，我在這裡就好。」

剛進來就壞了心情，落寞地在音樂教室角落玩著鼓棒的，是在「icy tail」擔任鼓手的森丘藍子。

她跟另外三人一樣就讀椿姬女高三年級。長長的頭髮綁在後面，總是用沉著的態度冷靜處事（平時），是樂團的團長。

「好、好吧，我們得先一起分擔美美的煩惱。總之，可不可以把目前完成的部分彈出來讓大家聽聽看？」

「那也沒錯啦，小時……不過，大家能不能先讀讀看這篇劇本？」

美智留說完，從包包裡拿出了厚厚的一疊文件。

「妳拿的那個，該不會是遊戲新作要用的？」

「嗯，第一女主角叶巡璃的劇情線。」

「……內容已經完成了嗎？」

而且那疊紙滿是皺痕，還貼上了許多便箋，明顯被讀過好幾次。

「沒有，還寫到一半而已……不過，既然要做出好的作品，就必須早點動手才可以。」

從美智留以往的調調，真的無法想像她會有如此「想作出好曲子、好作品」的強烈意志……

不只時乃與叡智佳，連原本應該在鬧脾氣的藍子都表情認真地聚到了美智留身邊。

啊，還有，在「icy tail」成員齊聚後，接下來的對話會跟往常一樣，依照時乃↓叡智佳↓藍子的順序開口……

「…………」

「…………」

「…………」

「……妳們覺得怎麼樣？」

然後，過了大約三十分鐘。

整疊劇本在三人之間來回傳遞，美智留也獻唱了幾次主題曲（但只有唱到一半）……

當三人像約好似的嘆氣時，美智留詢問大家。

「呃……」

「這該怎麼說呢～？」

「唔、嗯～」

……然而，她們三個的反應卻令人意外。

不，其實正如美智留所料，她們給的反應都不乾不脆。

「沒關係喔，無論講什麼，我都不會生氣。別顧慮阿倫與我，想到什麼都可以直說。」

「我想想看，這個嘛，怎麼說好呢……」

「嗯嗯的？」

「……肉麻。」

「對對對，會讓人背脊發癢！」

「於好於壞都有那種感覺～」

「……換句話說，果然嗯嗯的。」

即使如此，經過美智留溫和地催促後，三人說出她們在讀到劇本的那瞬間，活生生體會到的「異樣感」。

然後，美智留聽了她們從口中自然流露的寶貴心聲……

「妳們說什麼！」

「果然生氣了～！」

「美美真的都說話不算話～」

「……早就知道會這樣。」

總之，她還是照慣例先發了一次飆。

「呃，確實有小鹿亂撞的感覺喔，讓人癢到骨子裡喔，無論歌曲或劇本，都把女主角呈現得非常可愛喔。」

「可是呢~我想這是因為我們已經對美少女遊戲適應到一定程度的關係耶~」

「……對御宅族以外的人來說，不，就算在御宅族當中，也要是喜歡美少女作品的人才會被打動。」

結果美智留後來不只是發飆，還狠狠地瞪人，而另外三個女生怕歸怕，仍坦率地對那篇劇本與完成一半的曲子做出批評。

「……原來如此，謝謝妳們的寶貴意見。」

美智留到最後也收起憤憤不平的表情，坦然地聆聽那些聲音。

即使如此……

「不過，我……還有『blessing software』都會朝這個方向繼續衝。」

無論如何，她都想跨越最後的底線……不，她仍然無意從跨越的底線退回來。

「唉，那倒也對，畢竟是同人嘛。」

「再說，這本來就是迎合『喜歡美少女作品的人』的作品。」

「……嗯，既然目標已經定好了，我覺得照你們喜歡的去做就可以了。」

於是乎，她們三個也對美智留表達的想法表示理解。

然而……

「不，我是希望維持這個方向，將這首歌傳達給所有人喔。我想做出不論是女生或圈外人，只要聽了就絕對會哭的曲子。」

美智留還是無意跟她們妥協。

「咦……咦～？」

「那應該……沒辦法吧？」

「……根本還不到那種境界。」

「嗯，或許無法到那種境界。

或許我們的作品光是憑外表、作風或者評價，就會被人排斥。」

「要排斥的話，那也無妨……

不過，萬一失足踏進這個坑，就要有所覺悟……

我們絕對、絕對會讓玩家迷上女主角。

還要用我的曲子，讓他們哭出來……」

「咦……」

「喂……」

「……美美？」

在那裡的，不是平時開朗活潑又悠哉的美智留。

「正如妳們所說，或許這篇劇本還有歌確實都噁噁的……

不過，這種噁不是御宅族的噁。

這純粹是普羅大眾都會感覺到的噁。

因為那是我們心裡目前還未產生，還未追求，還未注意到的感情。

……僅止如此而已。」

明明上一刻，美智留還在煩惱、迷惘、求助於他人……

她的立場應該是那麼薄弱，眼睛卻在不知不覺中變得炯炯有神，跟平時一樣站到了朋友們的上頭。

「這篇劇本很俗。這首歌是自作多情。

不過，戲劇、電影、故事不就是這樣嗎？

那種噁心不是因為內容宅而散發出來的喔。

只是因為踏進了跟眾人不同的世界，因為自作多情而散發出來的。」

「所以，有一般人什麼都不知情就誤闖那個世界，

那用作品重重地打動他們的心不是很有趣嗎？

狠狠修理他們一頓，硬是將作品色彩渲染到他們心裡不是很痛快嗎？

演唱會也一樣吧？

裝模作樣地彈吉他，唱出自戀的歌詞。

在沒有投入活動的人眼裡看來，那些舉動既噁心又肉麻，根本看不下去。

……可是，把那些傢伙拉進活動裡，讓他們變噁，

不就是我們的訴求嗎？」

而且，她靠著平時的那股勁把旁人拖下水，開始暴衝。

那簡直像……某個人，不，某個族群（創作者）一樣。

「妳們對御宅族有誤解……

不，反了。要多誤解一點。

再踏進來一點。

別停在一步之外啦……」

「妳要我們踏進去……？」

「投入這款遊戲……？」

「……到這個自作多情的後宮世界中？」

美智留所鼓吹的詞實在盲目到極點，讓另外三人都露出困惑的表情。

以「她們個人」而言，要沉浸於這篇遊戲劇本確實不是難事。

樂趣足夠，實際上也能樂在其中，以萌系遊戲來說也可以大力稱讚為頂級貨。

然而，要她們放下這部作品是因為「自己夠宅才能接受」的成見，並相信「御宅族以外的人也都能接受」，老實說有困難。

因為她們曉得旁人是用何種眼光看待玩這種遊戲的自己。

她們三個「都明白」要將那種摻有困惑、苦笑和少許厭惡的微妙視線，變成跟自己一樣的熱情是不可能的事。

「沒錯！要投入！進而跟我一起思考這首曲子、這篇歌詞有什麼不足，應該補上什麼！」

「…………」

「…………」

「…………」

直到剛才，美智留還極盡鼓吹之能事，現在又突然深深地低頭……

三人露出比剛才更加困惑的表情，還相互確認彼此的困惑表情，讓困惑變得更深。

然而……

「是妳說的喔，我們可以擺回平時的本色……」

「美美，我們會把妳晾在一邊，可以嗎……？」

「……我真的不管了喔。」

「請妳們務必要那樣！」

即使如此，她們對自己團內的王牌……

對這個對於御宅族與創作都有所覺醒的新生創作人，也只能加以信任、培育了。

為了讓女子樂團「icy tail」轉型成真正的御宅界樂團，展翅飛翔……

※　※　※

「好！這樣角色相關圖也完成了！」

「嗯～這麼一看，還滿壯觀的耶……」

「……那我們開始來解讀吧。」

之後，三個女生很快就採取了行動。

首先為了掌握故事的全貌，她們將各女角劇情線的大致流程與角色相關圖畫在白板上。

原本在劇本寫手（倫也）的相求下，她們早就讀過其他女角的劇情，也陳述過意見，所以到此為止的應對動作都迅速俐落。

接著，她們重新用俯瞰的角度審視各篇劇本與角色間的關係……

「話說，人際關係有夠亂。」

「不只主角跟女主角，連女角之間的關係都錯綜複雜……」

「……這真的是萌系遊戲？」

先對人際關係之複雜露出了傻眼的表情。

「說到底，這個主角是不是怪怪的？」

「這款遊戲應該是以巡璃為主軸吧？為～什麼學姊型女角和青梅竹馬型女角會被牽扯到劇情裡面呢？」

「……還牽扯到相當後期呢。」

然後，她們對主角無節操的程度露出更加微妙的表情。

「這樣看來，第一女主角都沒有得到回報呢……」

「不過，相對地，他們有一直一直一直一直秀恩愛，所以或許有彌補回來啦～」

「……反觀學妹型女角和表親型女角，待遇挺慘的吧？」

「嗯～說得也對，雖然這兩個女角的劇情本身都寫得不錯……」

「可是，幾乎沒有走進另外三個角色的關係裡耶。」

「……這樣無論怎麼看，都會覺得附屬感很強。」

「跟不上女主角寶座的競爭呢……」

「明明她們也這麼努力地在為主角（安安）付出的說～」

「……妳要打起精神喔，美美。」

「妳們幾個跟我到外面一下。」

還有還有，她們對某個得不到回報的附屬女主角掬起同情淚……然後沒人領情。

※ ※ ※

東扯西扯後，「icy tail」團員發起的作曲……看似在作曲的劇本研討會，拖到離校時間當然還是沒能了結，之後又把場地換到時乃家，徹夜舉行會議（隔天當然所有人都遲到）。

於是，四人如此熱烈交換意見後得出的結論是……

『現階段果然談不出結論！』

『劇本沒有完成就無法作曲啦～』

『……要不要等結局敲定再集合討論？』

『啊，果然是那樣嗎？』

……直截了當的看法。

但即使如此，唯有她們四個於左側提出的共通見解還是要留在會議記錄裡。

『不過照這樣看來，不覺得第一女主角跟主角不會直接湊在一起嗎？』

『對啊對啊，肯定還有一陣風波～這個主角似乎會闖禍～』

『……結果是不是真的能通往快樂結局也不一定。』

『啊，果然妳們也那樣認為？』

順帶一提，這件事在日後的發展是……

隔天，美智留透過詩羽打來的一通電話，嘗到了她們以洞察力追上現實的勝利感……

不，是落敗感。

中場休息其一

■不死川UNDEAD MAGAZINE十一月號刊載用短篇小說企畫書（第一版）

二〇××／九／××　霞詩子

■主題：甜蜜而略帶苦澀的戀愛故事集

・描繪高中男女生清新戀情的青春純愛小說。

・排除非現實情節，以稀鬆平常的故事博取國高中生共鳴。

・採取連續短篇的形式，每集的登場人物、地點及時間系列有些微連結。

・另外，不只有快樂結局，也會安排悲戀或失戀等苦澀結局。

■登場人物（第一話陣容，第二話以後另述）：

主角：

・女生，高中三年級。

・外交官的女兒，在學校裡也是有名的千金小姐。
・隸屬美術社，入選過好幾次畫展的王牌。
・校內頭號名人，所有男同學憧憬的對象。
・以前跟同學（男生）是御宅族同好，常常一起畫圖。
・此外，當時她身體虛弱，常常臥病在床讓同學擔心。
・由於某件事而跟同學決裂至今。

同學：
・男生，高中三年級。
・成長於中產家庭的普通少年。
・文藝社的唯一社員，在學校裡也被當成怪胎。
・即使如此，由於成績優秀又相貌端正，有許多隱藏的粉絲。
・跟女主角是從小學入學典禮認識到現在的交情。
・其實女主角是他的初戀對象，但不知不覺變得疏遠了。

■故事概要（第一話內容，第二話以後另述）：

・位於都內，尚屬知名的私立高中。

・就讀那裡的主角是千金小姐，同時也是入選過好幾次畫展，前途大有可為的畫家，在鄰近高中的學生之間也是名人。

・某天，有個男同學來找那樣的主角搭話。

男同學表示：「有話想跟妳說，希望妳來頂樓。」儘管主角冷漠以對，最後仍去了他指定的地方碰面。

・主角赴約後，男同學拜託她：「請幫我的作品畫插圖。」

一問之下，他說是為了迎接一個月後就要來臨的校慶，預定會以文藝社名義出版小說，希望能拜託主角幫忙畫小說的封面及插圖。

・起初，主角因為自己也要在校慶展出作品而面露難色。

不過，她讀了他的小說以後，受到當中的內容觸發，最後接下了繪製插圖的工作。

・後來，兩人每天都在放學後獨處。

起初兩人曾互相排斥，然而在一起創作同樣的作品，邁向相同目標的過程中，逐漸萌生了伙伴意識。

・隨著兩人獨處的時間增加，他們逐漸回想起來……

在過去，喜愛漫畫的他們曾是最親近的朋友，
小學時還會畫圖給彼此看。

・接著，為校慶所寫的小說終於接近完成，
兩人的距離漸漸縮短時。
他們不得不喚醒另一段既懷念又可厭的記憶。

・他們想起了讓最親近的朋友，變成最遙遠的陌生人的那件事……

第十二·六·五話 龍虎相爭，而後相憐……

「那麼，我明白了……澤村交給我來說服。」

「……可以嗎？」

「我會設法在今晚內談妥。我會設法做給你看。」

「詩羽學姊……！」

「所以從明天起，就跟以往一樣……」

「不，相隔一年，我們的團隊再次集結了。」

※　※　※

『晚安，澤村。』

「……怎樣啦，霞之丘詩羽。」

九月下旬的星期四……星期五將至的深夜（前兩章的數小時後）時分。

蓋在可以俯望城鎮的小山坡上豪宅中，最能將城裡夜景盡收眼底的二樓露台。

將手臂放在扶手上，一面望著夜景一面把手機湊在耳邊，發出慵懶嗓音的是澤村・史賓瑟・英梨梨。

就讀私立豐之崎學園三年級，同時也是遊戲製作社團「blessing software」的「前任」角色設定／原畫負責人，以及這個房間的主人。

『我有點好奇妳後來怎麼了。』

「哪能怎麼樣啊……再說，時間又沒有經過多久。」

而英梨梨的通話對象是霞之丘詩羽。

就讀早應大學文學系一年級，同時也是遊戲製作社團「blessing software」的「前任」劇本負責人，以及英梨梨的「現任」搭檔。

沒錯，這兩個「曾經隸屬同個社團一起製作同人遊戲的繪師與寫手」，如今成了「接到相同公司委託而一起製作商業遊戲的繪師與寫手」……

『其實我有點事想找妳談，方不方便？』

「談什麼？我還有工作要忙，麻煩妳長話短說喔。」

『那倒不行……總之，能不能當面談呢？』

「當面……妳現在在哪裡啊？」

『跟妳大約隔了垂直距離五公尺，水平距離三十公尺的地方。』

「…………原來如此。」

英梨梨照對方說的，將目光從夜景稍微往下挪後，看到了在她家門前輕輕揮著手的黑長髮女性。

※　※　※

「咖啡拿去……砂糖跟牛奶在桌上，請自便。」

「不好意思，這麼晚了還上門拜訪。」

英梨梨的房間與可以瞭望美景的露台直接相通。

詩羽在這陣子來慣的房間裡，用雙手捧著咖啡杯，在一旁的沙發坐下來。

「唉～反正妳旁若無人兼沒禮貌兼厚臉皮又不是現在才開始的～」

而英梨梨也顯得招呼慣了，馬上回到自己的桌子前，把客人晾在一邊並開始拿起素描用的鉛筆揮灑起來。

畢竟她們倆最近幾乎每星期都會像這樣，窩在這個房間裡，彼此幾乎毫不交談地度過一個晚上。

然而……

「所以呢，妳得出結論了嗎？」

「……我剛才不就說了，連一小時都還沒經過耶。」

目前實在無法讓她們享受那般充實的創作時間，詩羽立刻進入正題。

……那大概是英梨梨目前實在不想談的正題。

由紅坂朱音企畫，詩羽撰寫劇本，英梨梨負責原畫，電玩製作公司馬爾茲發行的招牌ＲＰＧ系列最新作《寰域編年紀ＸⅢ》，其研發進度在最近幾天觸礁了。

之所以如此，都是因為這項企畫的最大支柱，同時替馬爾茲與兩位主要創作者溝通的紅坂朱音突然罹患腦梗塞倒下，讓雙方完全斷了聯繫。

直到今天，她們才總算跟廠商方面恢復共享情報，重啟研發也有了頭緒……事情發展至此都算不錯。

然而，代替紅坂朱音接任與馬爾茲對話窗口的功臣，居然是她們倆一起從原本隸屬的社團離開後，遭到她們辜負的社團代表（倫也），結果讓人跌破眼鏡。

「可是，離母片交貨已經沒有時間了。原本妳應該當場做決定的喔。」

「我怎麼可能做得了決定！事情又沒那麼簡單！」

英梨梨的情緒還無法追上那種尷尬感、棘手感、微妙的欣慰感，還有其他種種情緒相互交錯的波折發展。

『所以，要是我繼續留在社團裡，會拖垮彼此的。』

『而且，你也沒辦法逼迫我畫。』

『倫也，我在你身邊就畫不出圖。』

因為英梨梨在過去已經向身為青梅竹馬的社團代表，發出了這種告別的訊息。

所以，萬一又要讓他保護……

連英梨梨都不曉得，自己是否還能畫出跟之前一樣的圖。

「為什麼事情會變成這樣呢……」

「要說的話，肯定都是紅坂朱音病倒造成的。」

「沒、沒錯！事情會變成這樣，都是因為那個女人……」

「不過把她逼上絕路的，或許是我們兩個……」

她們的老闆（紅坂朱音）好像是在跟業主（馬爾茲）討論到一半時病倒了。

而且，聽說當時討論的……不，最近討論的議題恰巧全是針對失控的劇本，與過度拘泥於品質的原畫。

看來她們倆在不知不覺中，已經從老闆兼頭號大敵的掌心展翅飛翔，還將利刃捅進了她的心臟……不，捅進她的腦子了。

「……所以妳想說什麼？」

「……妳沒什麼想法呢。」

不過，她們倆完全沒有那種意思與自覺就是了。

倒不如說，詩羽和英梨梨至今仍認為那是朱音擅自要保護她們而招致的後果。

「只是澤村……基本上，就算那是他人的責任，難道能構成讓我們就此死心的理由嗎？」

「咦……」

「此時，不是我們非得決定接下來該怎麼做的時候嗎？」

「這……」

「妳的目標，不是要爬上業界巔峰嗎？」

「不對！我的目標是打倒紅坂朱音！」

「那麼，妳的目標達成了嗎？用這種方式打倒她，妳滿足了？」

「…………」

的確，英梨梨的目標出乎意料地達成了。

但是那跟她追求的勝利條件實在相差甚遠。

她們倆原本志在讓《寰域編年紀ＸⅢ》成為神級遊戲。

想藉著那項成果，讓紅坂朱音認同她們的能耐。

她們倆要使出渾身解數，衝破她的庇護與施加的壓力。

可是，如今遊戲還沒有完成，她們的奮鬥，也尚未做出了結……

※　※　※

日期改變，到了星期五深夜。

「……嗳，澤村。」

「我還沒有拿定主意喔。」

「我曉得啦……」

詩羽隔了三十分鐘拋出的問題，被英梨梨心裡那道優柔寡斷的屏障斷然擋回去了。

只有一小部分的人才知道（不過只要是伙伴都知情），那是拜英梨梨與才華相差甚遠的膽小、脆弱又頑固的性格所賜……不，性格遺毒。

「這是閒聊，閒聊啦。像這樣耗著也沒事可做，麻煩妳稍微陪我講講話。」

「既然沒事可做，妳睡覺或回家不就好了？」

「別那麼說，好嗎？」

「拿妳沒辦法耶……」

誰才拿誰沒辦法啊……儘管詩羽不是沒有這種想法。

即使如此，為了紓解英梨梨的心防，她仍用比平時緩和的語氣溫柔地向她輕聲慢語。

「其實呢，我從下個月起要在不死川出新作。」

「忙成這樣，虧妳有辦法出新作……《純情百帕》也還會繼續出下去吧？」

「話雖那麼說，但我的工作已經快要結束了……町田小姐也低頭拜託我，希望趕在其他委託找上門前，無論如何都想再敲定一部作品。」

「那位副總編滿心想把妳包下來耶。」

「嗯，畢竟她對我也有提拔至今的恩情……」

英梨梨被話題勾起了興趣，而詩羽對此感到安心……

不過，她讓乾渴的喉嚨發出吞嚥聲，並且慎選詞彙。

「而且，我也想到了適合用於小說的有趣企畫……既然如此，我認為這應該是不容錯過的機會。」

因為接下來她要談的話題其實不是閒聊。

「……意思是，那是讓霞詩子完全照喜好發揮的企畫嗎？」

「我連續兩部作品都有交出成績，現在提企畫不至於變廢案吧。」

「不錯耶，讓霞詩子完全照喜好發揮的企畫。完成後要給我樣書喔，當然要附簽名。」

話題順利進展，超出詩羽的期待。

英梨梨對「霞詩子的新作」表示出興趣，超出詩羽的預料。

「不談那麼遠的事……目前我這裡有企畫書，妳能不能幫忙看看？」

……而詩羽根據她的反應，一點一點地，在周圍布下地雷。

「咦～不用那樣啦。」

「別那麼說。我也有稍微感到苦惱的部分，想聽妳的意見。」

「可是，我想讀妳在獨自苦惱後才總算完成的純正霞詩子風格啊。」

聽到似曾相識的拒絕詞，詩羽忍不住盈現令人想哭的苦笑。

「不要緊……就算妳知道內容，我還是會讓妳期待作品完成。」

「喔～妳還真有自信呢。」

「嗯，雖然我沒有自信會熱賣……但是，起碼我絕不會讓至今的霞詩子作品支持者後悔。」

即使如此，詩羽仍故作平靜，從包包裡拿出兩張Ａ４紙。

她拚命壓抑著顫抖的手，極力抹去表情，將紙張遞給英梨梨。

「請吧，澤村。」

「……我知道了啦。」

當英梨梨用不甘不願，卻明顯雀躍的表情收下那些紙的時候。

詩羽懷著與她呈現對比的心境，放開將那些攸關命運的紙。

畢竟那些，那份企畫書……

或許會讓她們花了一年以上才建立起來，在這半年一路培養過來的友情……

在短短一瞬間，就瓦解得半點不留。

※　※　※

「這次呢，是改變了以往取向的短篇集。」

「…………」

那份企畫書真的沒有多少字。

「而且，我還只完成了一話分量的大綱。」

「…………」

兩張紙上，不過只簡潔列出了登場人物（還只有兩人份），與故事概要（還只有短篇一話的分量）而已。

「但是，我拿到了在不死川UNDEAD MAGAZINE隔月連載的名額，所以有講好積稿到一定程度就會推出單行本。」

「……唔。」

所以，在詩羽講出這麼一大串話以前，英梨梨應該早就讀完了。

「還有，我試著用女生當主角了。以輕小說而言相當冒險，說不定會從Fantastic文庫以外的書系出書……」

「……樣啦。」

「……怎麼了嗎，澤村？」

不，實際上，英梨梨在轉眼間就讀完了。

只是讀完以後，隨著長長的沉默，她只一直在打哆嗦。

「這是怎樣啦……！」

「我說過了，這是新作小說的第一話大綱……」

「妳明知道我不是在問那個吧啊啊啊～！」

因此，不到短短的一瞬，她就爆發了。

而且一旦爆發，就再也停不下來。

「妳、妳、妳……妳想讓我出洋相嗎！」

「事到如今，妳在說什麼呢？我們早就出盡洋相了不是嗎……透過倫理同學的劇本。」

「問題不在那裡啦啊啊啊～！」

詩羽講的話肯定合乎於道理。

然而要讓人認同，肯定還差得遠。

這是因為……

「略帶苦澀的戀愛故事。」

「也會安排悲戀或失戀等苦澀結局。」

那些文字所指為何，已經深刻入骨地傳達給「當事人」了。

因為這跟保證會有快樂結局的戀愛遊戲不同。

還有，畢竟作者正是在出道作就拆散男女主角的悲戀傳教師——霞詩子……

「妳為什麼要讓我看這些？為什麼不在寫完之前先藏起來……？」

即使如此，因為英梨梨是創作者……

所以，無論詩羽用什麼當題材，用誰當藍本，她都明白那只是「腦袋有毛病的創作者」的失控之舉。

可是，詩羽特地先自揭瘡疤的行事方式，實在讓她無法認同。

「其實呢，我遲遲想不出故事概要後面的發展……」

「妳……難道妳……」

「所以，我想聽妳那些『扭曲的往事』……」

妳在這九年來，對他是怎麼想的，那都無所謂。

倫也學弟在九年前，對妳是怎麼想的，也都無所謂。

只要告訴我，妳自己在當時——九年前的記憶就行了。

我想知道……九年前，妳是用何種方式、何種心情，

怎麼將他拋棄的……」

「霞、霞、霞、霞……詩羽~~~~~~！」

「唔……」

此時的吼叫聲裡……

還有，此時甩出的耳光裡，難免沒有任何一絲親愛之情。

單純是受到純粹的憎惡，以及強烈的憤怒驅使。

只能強忍淚水，咬緊幾乎要被打斷的牙齒。

「妳做的事……簡直跟紅坂朱音一樣……」

「那可……真是榮幸呢，澤村。」

詩羽不顧逐漸變得紅腫的臉頰，還對英梨梨露出淒厲的笑容。

沒錯，那正像英梨梨剛才批評的怪物（紅坂朱音）一樣。

「妳……妳問那些有什麼用啊啊啊啊~！」

英梨梨彷彿要撕裂喉嚨的大喊，已經聽不出那是什麼話語。

即使如此，光靠那張表情與迴響，就足以傳達其想法。

「我希望爬得更高更高……我想破殼而出……」

而且，即使如此……

縱使面對英梨梨的這般魄力，詩羽仍堅決不退讓。

「我變得想挑戰……摻入更多愛恨情仇，與《純情百帕》截然不同，而且比《戀愛節拍器》更加深刻的純愛故事了。」

「就算那樣，就算那樣……妳幹嘛拿我……拿我跟倫也的回憶……」

「我覺得，你們那種扭曲過頭的關係……寫了會『紅』。」

「啊啊啊啊啊啊啊啊啊！」

「唔……」

雖然說……不是因為詩羽剛才自己奉上右臉的關係。

但英梨梨終於連慣用的右手都不惜用上，耳光狠狠地朝著詩羽的左臉，掄得響亮。

不過，即使如此……

「妳氣成這樣……就不好拜託妳了呢。」

「拜託……什麼？」

「拜託妳幫這部作品——畫封面啊。」

「～～唔！」

霞之丘詩羽……不，霞詩子又自己奉上右臉了。

「妳有病……妳的腦子有病……」

「不過，這對我們兩個來說是絕佳的時機喔，畢竟到時候《寰域編年紀XIII》才剛推出。以商業考量而言，這也是穩操勝算的組合。」

「別瞧不起人！妳開什麼玩笑，去○啦！」

「沒錯，我就是想聽妳那樣咒罵……」

詩羽在開口的同時伸出舌頭，然後，舔掉嘴邊沾到的血。

接著，她再一次奉上左臉。

「九年前，妳應該對某個人吼過一樣的話吧？

妳吼的，是欺負你們的同學？

還是，沒有對你們伸出援手的老師？

或者，或者……難不成……」

「我沒有！我沒說過！我什麼都沒有做！」

「當妳拋棄他時，他是什麼表情？
他有沒有對妳說過，妳剛才講的那些話？
畢竟是小學生嘛，他會回嘴罵妳也一點都不奇怪啊。
雙方都是純粹、任性又殘忍的小孩嘛。」

「就跟妳說沒有了啊！」

「妳有沒有在哪一個瞬間，真的討厭過他？
有沒有在哪一個瞬間，感覺到自己真的被他討厭了？
妳有沒有想像過，當時他受了什麼樣的傷？
能不能讓我看看，當時妳受了什麼樣的傷？
有沒有想像過，那對他造成了什麼樣的影響？
能不能讓我看看，那對妳造成了什麼樣的影響？
詳細告訴我，直到我能想像你們兩個的心境。
跟我說，好讓我能將你們當時的心思改寫成文章。」

「別開玩笑了，別開玩笑了，別開玩笑了！」

那已經不是閒聊，也不是勸說……而是取材。

作家霞詩子完全不顧慮被取材者的心情，一場愚蠢、傲慢且純粹的訪談。

已經停不下來了。

無論再怎麼猶豫、苦惱、絕望。

即使如此，詩羽只有踏上這條路……

她只能按照自己苦思許久的策略，踏上這條路。

「全都給我招出來，澤村……

給我向前進。」

因為她跟人講好了。

她跟自己的頭號徒弟兼學弟講好了。

要說服英梨梨，還有讓團隊再次集結。

換句話說……

「還有……妳要死心。」

「輪不到妳跟我說那些啦啊啊啊啊～！」

她要讓一切，就此結束。

※ ※ ※

「唔……嗚、嗚嗚嗚……」

「……哭到現在也該停了吧。」

然後，過了三十分鐘。

但狀況毫無改變，房間裡一直只有響起英梨梨的啜泣聲。

「嗝……唔啊啊啊……為、為什麼，為什麼……！」

「什麼為什麼？」

「妳為什麼要欺負我……為什麼要做這麼過分的事情？我……我完全不能……理解妳的所作所為！」

而且，相隔許久才發出的聲音因為鼻子完全塞住，聽起來非常不清楚。

卻是明確至極地將意涵傳達給對方的怨恨之語。

不過，儘管英梨梨發出了那樣的咒罵……

即使如此，她還是沒有將詩羽趕出這個房間，趕出這個家。

還有，儘管詩羽說出了那麼過分的話……

即使如此，她還是沒有對英梨梨放手，始終把人留在自己的身邊。

「明、明明……我們好不容易才和好……明明我們又有了聯繫……」

「你們確實是有了聯繫……靠著青梅竹馬的關係、作者與粉絲的關係，還有體弱多病女生與愛操心男生之間的關係。」

這當中獨缺一種關係，兩個人都心照不宣地沒有說出口。

因此，英梨梨又瞪了詩羽，詩羽則無視英梨梨的目光。

「可是為什麼，為什麼……！」

「因為妳（我）跟他沒有發展成那樣的理由，我想就在那之中喔。」

那些問答中淨是指示代名詞，甚至包含了隱藏的字眼，好似在打啞謎。

而她們兩個，還是擁有心照不宣的痛切共識，逐漸傷害彼此。

「所以，我才想要了解。」

「了解以後，又有什麼用？」

「我從剛才就說了吧？我想把那昇華成愚昧男女的喜劇。」

「我……我才沒有做錯任何事！」

「妳的精神值得敬佩，那是身為創作者的重要資質，我也希望予以珍惜，我個人也對此感到欣賞，不過……」

「不過……」

「妳錯得離譜喔。」

「唔……」

雙方就像這樣，搬弄著隨性、率性、任性的道理。

一方主張包含自己在內，沒有任何人有錯。

一方主張包含自己在內，每個人都有錯。

前進方向差了一百八十度的平行線，距離逐漸越拉越遠。

「妳再怎麼深信自己沒有錯，實際上，他就是被心魔困住了……無論覺得有多麼唾手可及，無論覺得心意有多麼相通，都畏懼著自己不知道會在何時何地遭到背叛的膽小心魔。」

「那是什麼話……妳那是什麼話！」

「越是親近，越打算親近，越想親近，就越得不到回報時……不，結果卻適得其反時的傷害是又深、又痛、又難熬的吧？」

「唔……」

「那就足以讓彼此再也無法親近了。」

「妳想說……妳想說……那全是我一手造成的嗎？」

「畢竟，你們在九年前比任何人都要親近。

好比世界系作品的男女主角，

妳應該能逃到那個封閉的世界才對。

……可是，妳卻沒有那麼做。」

「錯了！沒有逃的是他！

明明只要靜靜等待大家都忘記就好了！

可是，那傢伙卻特地把事情鬧大……！」

「原本，他是想抬頭挺胸地讓大家明白，

自己跟妳是朋友，而且都是御宅族。

還想保住可以跟妳在一起的天地。」

「那些興趣，躲起來私底下玩就好了。
為什麼需要博取大家的認同？
為什麼我非得讓老師跟所有人，都知道我的興趣？
有什麼關係嘛，躲起來玩又有什麼關係。
只要我們兩個懂不就好了嗎？
只要保持相安無事，避免跟大家起衝突，
偷偷地窩在專屬我們的世界裡，那不就好了嗎？」

「他之所以不肯那樣，大概是為了妳。
也是為了自己。
為了讓外界認同，自己跟妳的關係很要好。」

「根本不需要讓大家認同。
我沒有那樣期望過。
那是他自以為是的自我滿足。」

「對於妳的那種態度，他應該是這麼想的吧。

……他覺得『難道跟我在一起有那麼丟臉嗎？』」

「不是那樣！

那傢伙什麼都不懂！」

「而妳也一樣什麼都不懂……

所以，你們倆就壞掉了。」

※　※　※

「當時你們是小學三年級……還沒有培養出體恤別人的心，像這樣的兩個小朋友，不可能一直懷著『無論發生什麼事都依然是朋友』的磊落心態。」

「我有啊……我一直一直都懷著那樣的心態啊。」

彼此的主張背道而馳，心靈的距離被拉開。

即使如此，卻只有物理上的距離莫名地縮短。

「當時的妳和當時的倫也學弟，應該都在不知不覺中變得真的憎恨對方，討厭對方。」

「才沒有那種事！」

她們倆背靠著牆壁，將彼此肩膀的距離縮減至零。

「或許那確實是周圍造成的。應該說，只要周圍不干涉，其實你們兩個應該能一直保持朋友以上的關係……不過到最後，你們兩個卻抱持了那樣的心情。」

「妳別擅自斷定……」

「只有那件事，唯有那一點，才是唯一的真相。」

「我說了，妳不要擅自斷定……」

詩羽的主張正如英梨梨反駁的一樣，完全出自她的斷定。

無論讓任何人來聽，都不可能感受到正義。

「所以你們才會錯過彼此。因為你們沒有承認自己的錯，也沒有討論過那些錯。」

「我明明沒有錯，怎麼可能會認錯。」

然而，憑英梨梨的否認之詞要否認詩羽的斷定，也實在是根據薄弱。

無論讓任何人來聽，都不可能感受到說服力。

「因為他是在不懂得體恤對方的孩童時期遇見妳……所以，你們相處得並不順利。」

「才沒有，妳跟他還不是一樣……不，妳跟他就處得不順利啊。」

「那是因為他在長成膽小高中生的時候，遇見了我……」

「不是，那是妳什麼都想推給別人的陰沉、病嬌兼溝通障礙的性格造成的。」

「……或許那也是原因吧。」

詩羽似乎對如此空洞的言詞空中交火感到累了，露出自嘲的笑容……

「所以說……我與妳，都跟加藤不同。」

「什麼話嘛……講得好像就決定是惠了一樣。」

「對啊……已經定下來了喔。」

然後，她親身實踐了剛才對英梨梨講的「要死心」。

「……我完全、不懂妳在講什麼。」

「是嗎……」

「畢竟惠、惠她……跟我們不一樣，她又平凡又可愛，又有女生的樣子……」

「或許……是那樣沒錯。」

「所以、所以她不會的……她不可能選擇那種一點都不普通，個性又煩人的御宅族……」

「是啊……我也不曉得加藤會怎麼回應。」

「對、對吧？既然這樣……」

「不過，男方那一邊似乎已經下定決心了。」

詩羽一邊嘀咕，一邊露出看似苦澀又好像看開的表情，仰望澤村家的挑高天花板。

接著，她用右手，輕輕地拍了拍英梨梨的頭。

彷彿在安撫走失的小孩一樣。

「為什麼……妳有把握那樣說啊？」

而英梨梨為了甩開詩羽的手和那些話，大大地搖頭表示「我不依」。

即使如此，詩羽仍不打算停止關懷英梨梨。

儘管詩羽道出的事實對她而言很是辛辣，其語氣卻溫柔得像是在包容她。

「因為倫也學弟來到了我們這邊……

發生過一年前的事，他明明曾發誓不會再亂來才對……

可是為了妳跟我，他又做出那種事了。

他拋下社團，背叛了加藤。」

「可是，可是那是……

對他來說，妳跟我是重要的證明……」

「或許是那樣沒錯。

不過，他同時也是這麼想的才對。

……他認為『加藤惠應該熬得過去吧』……」

「我……我、我、我也……」

「當然，妳也熬得過去。」

詩羽用手臂使勁地抱住英梨梨的肩膀。

好似要幫凍得發抖的小小身軀取暖。

「不過，能讓他相信熬得過去的，就只有加藤。」

「為什麼……為什麼嘛……！」

明明從剛才，英梨梨就已經被迫聽了夠多的解答。

即使如此，她仍像還沒有哭夠一樣，開始撲簌簌地掉下新的淚珠。

※　※　※

「十年喔，我認識那傢伙，已經十年了喔……」

「正確來說，不是已經十一年了嗎？」

「可是，為什麼？為什麼？為什麼啊？」

「誰曉得呢……」

「都過了十年，當然會有討厭的部分。肯定也會有感到討厭的部分嘛。」

「嗯，應該會有吧……」

「既然一時的迷惘會造成致命傷，交情長久肯定比較吃虧啊。」

「失敗的情況下，是可以那麼說。」

「那我沒辦法接受啦……」

一時的迷惘就拖了五年，英梨梨撇開自作自受的過錯，詛咒世間的不合理。

然而，看在詩羽眼裡，她那發自內心的任性十分令人憐愛。

「再說，再說……既然惠跟他的交情還不到一年，或許以後還是會討厭他啊。」

「嗯，那相當有可能呢。」

「那樣一來，事情會變成怎麼樣……？」

「當然也可能會分手吧。倒不如說，我剛才也有提過，現在還不知道加藤會不會對他表示OK啊。」

「像那樣……像那樣佔盡便宜，膩了就輕易將人拋棄，我完全無法接受……」

「……不過，加藤看起來不像在佔人便宜。再說，我完全不懂她為什麼要跟那種毛病多多的男生交往。」

「既然妳那麼想，為什麼又對他……」

「那還用問……」

至於詩羽這一邊……

理應已經放棄對抗那些不合理，「自稱」識時務的這個女人……

「因為我跟妳一樣毛病多多啊。」

她仍自豪地誇耀本身的自作自受。

「唉，不要緊啦，澤村。假如妳還是想留在他身邊……起碼那個心願是可以實現的。」

「得到那種最低限度的關心，根本沒有任何意義。」

「是嗎……」

「……呃，真的嗎？今後，他真的也不會跟我保持距離？」

「當然了……畢竟，他可是柏木英理的熱情粉絲。」

英梨梨撤回前言的速度實在太快，還有她那依舊怕事的模樣讓詩羽忍不住露出苦笑……

「所以除非妳主動拒絕，今後他還是不會離開的。我跟妳保證。」

同時，詩羽在她的話裡添上了身為經驗者的堅毅、分量與一絲絲哀愁。

『恭喜妳，澤村。妳終於成就了自己。

妳跟我一樣。

成了他崇拜的對象。

成了無法被他當女孩子看待的女孩子。』

此外，她還添上了一份絕對無法化為言語的共鳴。

儘管那已經不是在交換對大綱的意見，也不是在取材……

只是可悲的詛咒兼丟臉的虛張聲勢……

不過，那對她們倆來說，是必要的「儀式」。

※　※　※

「欸，霞之丘詩羽……」

「什麼事，澤村．史賓瑟．英梨梨？」

「別直呼我的名字。」

「妳不指責叫全名這一點呢。」

夜色，開始亮了。

沐浴在從窗口照進來的拂曉光芒中，睡意卻瀕臨極限的英梨梨正躺在地上，眼睛幾乎闔上了九成。

「今晚的事……全都沒有發生過喔。」

「如果妳那麼希望的話。」

……躺在詩羽的腿上。

「等明天……不對，等下次醒來，我們就是在為母片的交貨期限趕工了……」

「那倒是無從推翻的事實。」

「沒用的總監會來代替病倒的無能總監，我們會像以往那樣，跟他一起做遊戲……」

「像往常那樣……不，像過去那樣。」

「嗯……」

「我了解了……那麼，妳休息一會兒吧。」

「欸，霞……詩羽。」

「……就算妳叫我全名，我也一點都不排斥喔。」

「妳要原諒……今天的我喔。」

「我反而覺得該下跪說那句話的是我。」

「可是……可是妳就算沒有朋友也沒差啊……我不想……失去妳這個朋友……」

「澤村……」

「只有惠一個朋友……我還是會覺得寂寞。」

即使那是意中人的意中人（加藤惠），英梨梨也絕對不會不認對方是好友，對於她的天真、溫柔與傲慢……

詩羽輕撫英梨梨的頭髮當作回應。

「晚安，詩羽……」

「晚安……英梨梨。」

既笨拙又天才，既幼稚又純粹。

所以才令人嫉妒，令人憐愛。

對詩羽來說，澤村・史賓瑟・英梨梨這個人……

就是如此非凡的不起眼女主角……不，主角。

中場休息其二

■不死川UNDEAD MAGAZINE一月號刊載用短篇小說第二話企畫書（第一版）

二〇××／一〇／××　霞詩子

■登場人物（第二話陣容，第三話以後另述）：

主角：

・女生，高中三年級。
・成績優秀，居全校之冠。
・但是嘴巴、個性和上課態度都很惡劣，因此在校內的風評不好，也沒有朋友。
・上課時會打瞌睡，午休時間是在頂樓孤獨度過。
・一年級時投稿的小說得了新人獎出道。目前為人氣作家。
・二年級時，被來參加簽名會的同校一年級男生得知身為作家的真面目。
・後來，她將彼此當成作家與書迷，建立了在學校裡唯一會講話的來往關係。

學弟：

- 男生，高中二年級。
- 成長於中產家庭的普通少年。
- 文藝社社員。興趣是閱讀。

（左述設定與第一話的少年有多處雷同，因此需重新評估）。

- 碰巧讀了主角的出道作，成為熱情書迷。
- 更巧的是，在簽名會得知主角是自己學校的學姊。
- 目前和主角是午休時間會在頂樓獨處，互相討論作品的關係。

■故事概要（第二話內容，第三話以後另述）：

- 位於都內，尚屬知名的私立高中。（與第一話相同）
- 就讀那裡的主角，是入學以來從未跌落全校第一名寶座的才女；

而如此優秀的她在課堂上卻總是打瞌睡，

對老師與同學也擺出叛逆的態度，在校內更是有名的問題人物。

- 而且，她在一年級寫來當消遣的小說在投稿後拿到新人獎，

私底下另有從出道就一炮而紅的作家身分。

• 某天，那樣的主角在出版社安排下舉辦第一場簽名會。

這時，在簽名會上排第一個且看起來跟她年紀相仿的少年，

忽然講出她的本名。

• 那名少年跟她讀同一間高中，是小一歲的學弟，並不知道她的真實身分，

單純只是買了那本書而來參加簽名會的書迷。

• 後來，主角與學弟每天都會在午休時間單獨相處。

兩人互相討論她的作品，共度了快樂的時光。

• 然而，她對身為學弟的少年，一直有著無法說出口的心事。

過去她的新人獎出道作，在第二集差點有腰斬之虞時，

拯救其困境的就是他經營的書迷部落格。

而她在認識他以前，就對部落格的管理者抱有好感。

那份好感的意義更因為和他認識，正逐漸在改變。

第十二・七・五話　不讓出劇情線的她

「…………」

九月下旬的星期五，傍晚。

剛結束今天最後一堂課，留著鮑伯短髮的女生就像單獨領先的競走選手一樣，搶先走過豐之崎學園的校門。時間之早，速度之快，配上那隱形的性能，大多數學生都沒有認出她的存在。

「哈啊、哈啊、哈啊……呼～～～」

接著，在離校門約一百公尺遠的上學路十字路口。

躲到電線桿死角，確認過後頭沒有熟面孔跟來的那個女生，一面因為劇烈運動而氣喘吁吁，一面在最後鬆了口氣，然後仰頭向天。

加藤惠，豐之崎學園三年A班。

此外，她也是當下正與社團代表安藝倫也陷入冷戰的遊戲製作社團「blessing software」的副代表。

總而言之，就是在本作中被講成隱形厚黑女、叶巡璃的藍本、不起眼女主角（違反商品表示

法）等等的第一女主角大人。

「……唔。」

而現在，並未透過主角視野來呈現的那位第一女主角，正一面把目光落在智慧型手機畫面，一面蹙起眉頭，露出了不曾在正篇顯露的表情。（畢竟是GS嘛）

智慧型手機畫面上，顯示著LINE有六條未讀訊息。

惠用大拇指按下將那些未讀變成已讀的魔法鍵，全身與表情卻像結凍似的僵住了。

因為那些訊息的發送者是誰，她心裡太有數了。

而且，現在要是讀了那些，自己好不容易收攏於小康狀態的心情，不知道又會朝什麼方向湧出濁流，她沒有自信能判斷。

還有，無論流向何方，她也沒有自信那會是正確的方向。

「…………」

所以到最後，惠又選擇停滯。

她將手機調回休眠模式，收進口袋，然後再次背對校門，等待路口號誌變綠……

「嗨！」

「啊……」

然後，惠被抓到了。

……對方跟她自己預料中的人「有點」不同。

「妳趕到校門的速度那麼快，來到這裡卻變慢了耶～小加藤。」

「冰堂同學……」

沒錯，就算惠在豐之崎學園回家大賽中拔得頭籌，一山還有一山高。

身穿制服的美智留八成……不，肯定是翹掉了自己學校的課，抱著吉他盒，咧嘴笑著舉手打了招呼。

※　※　※

然後，很抱歉每次都玩不出什麼新花樣，她們來到了木屋風格的咖啡廳。

「咦～為什麼窗邊不行？亮的那邊不是比較好？」

「因為在窗邊會被發現……啊，呃～我從今天早上就對光線過敏。」

「喔～那真慘耶。請多多保重……假如那是事實的話～」

「……總之，麻煩妳選這邊的位子。」

就這樣，連挑座位都是一番折騰的兩人，終於靜下來面對面了。

「妳眼睛好像腫腫的耶～小加藤。」

「因為我對光線過敏啊。」

「……妳已經打定今天要用那套設定矇過去了，對不對？」

「…………所以呢，妳有什麼事情？」

不，看來她們果然還沒有靜下來。

「唉，也沒有什麼大不了的事啦……我是在想，這個週末有沒有遊戲製作的集宿活動呢～」

「……沒有喔。」

惠差點脫口說出：「真的沒有什麼大不了耶，用郵件或ＬＩＮＥ講一講就行了吧？」不過，有鑑於自己目前資訊封閉，她決定封藏那些反駁的話。

「那麼，下次集宿是什麼時候？」

「熱烈未定中喔。那種事情去問代表啊。」

「哎呀～我也有問阿倫啊，可是他好像正在忙，只回我：『決定以後就會聯絡，妳先等一等。』」

「……既然這樣，我沒有話可說喔。」

「嗯～那就傷腦筋了……」

「傷腦筋？冰堂同學嗎？」

「嗯，做好的配樂積了不少，關於演唱曲的方針也有一些部分想討論，我覺得差不多該讓大家聚一聚了耶。」

坦白講，美智留那種意外積極的態度讓惠感到動搖。

「抱、抱歉……可是，關於那些我不太方便做決定。」

但即使如此，從昨晚就有種種情緒在干擾，使她無法承受那些積極的話語。

「……呼嗯～」

「……怎、怎樣？」

惠那種猶豫的表情，被美智留用彷彿能望穿心思的目光看透，變得越來越慌……

「聽說妳跟阿倫吵架了，果然是真的～」

「那並不是多大的爭執，我也不會因為那樣就改變態度。啊，不對，根本沒有那回事。」

緊接著，那句指謫一語中的，讓她的心慌登上高峰。

「……妳聽誰說的？」

「誰都無所謂吧？」

「妳從倫也……不對，妳從叛徒……不對，妳從代表那邊聽說的嗎？」

「那些都是指同一個人，妳也不用特意改口吧？話說中間那個詞太聳動了啦，小加藤。」

「啊，抱歉，我有點不由自主……」

「唉……看來妳相當生氣呢～」

惠仍然擺脫不了心慌，展現出面無表情將臉色變來變去的絕活，而美智留用帶著同情性質，卻又十足好奇的語氣答腔。

「因為他拋下了自己的社團耶，妳能相信嗎？」

「可是～從整體的期程來想，不算致命傷吧？只要趁現在先跑其他部分的進度，我覺得還過得去耶～」

「問題不在那裡……他沒有全力投注於社團才是最大的問題。」

「不過我們是高中生～還有考試或校內行事要顧，總不能老是全力投注於社團吧？」

「但倫也是主動跑去那邊的……明明沒人拜託他。倒不如說，明明有被大家阻止……」

「是、是喔……」

於是，惠總算替自己的心情找到了方向，就如魚得水（水災等級）地被濁流沖離而去。

※　※　※

然後，過了三十分鐘……

「或許從公司或業界規模來看，紅坂朱音小姐和《寰域編年紀XⅢ》那些狀況確實都是相當可觀的大事。」

「唔、嗯，是啊，事情很大呢～」

「而且，或許那對英梨梨和霞之丘學姊以往的努力，還有以後的資歷來說，真的也是件大事。」

「哎、哎呀～真、真的好嚴重喔～」

「可是，可是呢，和那些相比起來，難道我……我們的遊戲就那麼渺小……那麼……微不足道嗎？」

「啊、啊～……我了解，我們這邊也很重要嘛～」

對惠來說是短短三分鐘，對美智留來說感覺卻像三小時，她們倆正處於如此扭曲的時空。

「半年前，社團一度快要消失時……冰堂同學願意留下來，出海也願意加入我們……」

「是啊，是啊，真慶幸呢～」

「然後呢，明明講好了這次要大家一起用全力衝到最後……照這樣下去，也會對不起妳們兩個……真的很抱歉，冰堂同學。」

「呃，妳也不必拿我們當藉口……啊啊啊對不起，他真的好過分呢～！那我去拿一下飲料就回來～！」

美智留大概是承受不住如此凝重的空氣，匆匆拿起玻璃杯離開座位，從惠的視野裡消失。

「……對不起，冰堂同學。」

而目送其背影的惠也露出有些後悔的表情，並將玻璃杯裡溶化變小的冰塊送進喉嚨。

才短短一天，累積在心裡的氣比想像中還多。

不過很遺憾的是，就算現在試著把那些都發洩出來，自己的內心也完全沒有變輕鬆的感覺。

因為再怎麼發洩，還是可以感覺到從內心空下來的縫隙，又會有烏雲像傾盆大雨前一樣接連冒出。

結果，不打破這種毫無進展的停滯狀態，惠沉重的心情似乎就無法平息。

但就算那樣，惠也不曉得該怎麼打破。

應該說，她連自己有沒有打破局面的意願都不曉得。

「久等嘍～……我也點了妳的份，喝冰咖啡行嗎？」

「啊、嗯，謝謝妳。」

當惠就要陷入思路的迷宮時，雙手拿著玻璃杯回來的美智留把她拉回現實了。

惠只有些感謝美智留就跟往常一樣，總是出現得時機不巧……呃，時機甚巧，同時接過新的飲料，輕輕就口……

「那我問妳喔，小加藤……」

「嗯？」

「既然這樣，妳自己會採取什麼行動？」

「…………」

然後，對於美智留與往常一般純真無邪，卻一反常態地直指核心的問題……

惠只能回以啞口無言。

「代表確實是把社團拋開了，劇本寫手溜掉了。阿倫投奔到小澤村和霞之丘學姊那邊了。」

「妳講的都是同一個人……還有，最後不是妳說的那樣……」

「對此，身為副代表的妳，打算怎麼辦呢？」

「啊，咦……」

「小加藤，既然妳是副代表，代表不見時就要代接職掌喔。妳在這個社團是地位最高的喔，決定權在妳喔。」

「這、這個嘛……還有出海她哥哥……」

「妳會聽從波島哥的指示嗎？以往妳跟他鬥得那麼凶，現在有辦法全面投降嗎？」

「…………」

那句話真的是直擊惠內心的一顆快速球。

所以她無法輕易承受，只能不由自主地痛得扭曲了神情。

「既然這樣，妳就要拿定主意啊。在阿倫回來以前要停工等他嗎？還是就當作沒有阿倫，大家繼續動工製作遊戲？或者……」

「沒辦法繼續啦……倫也明明就不在，我們沒辦法製作遊戲喔。」

「是在物理方面？還是感情方面？」

「所以說，呃，該怎麼講呢……」

「假如妳是指物理方面，答案是ＮＯ喔。就算阿倫不在，我還是可以作曲，小波島也還是可以畫圖。妳也還有許多能做的事情才對。」

那也正如美智留所說……

在產線動起來的這個時期，就算代表不見了，作業也不會一舉停擺。

畢竟倫也、惠、伊織是事先「那樣安排的」。

就惠所知，文字分鏡早就下了指示，出海可以自己動手畫的劇情事件ＣＧ還剩二十張以上。

樂曲方面也一樣，配合後半劇情的作曲指示書，全都交給美智留了。

程式碼也還剩下近七成的附屬女主角劇情線要處理。

所以，每個人在唉聲嘆氣之前，多得是可以動手做的事。

「假如是感情方面的問題，那我就要直說嘍……妳在偷什麼懶啊，小加藤？」

「唔……」

直到上一刻，惠都認為目前「只能」唉聲嘆氣。

可是，她被提醒只會唉聲嘆氣其實是「不行」的。

被眼前的……社團裡最悠哉的女孩子提醒。

「基本上，我是被阿倫和妳拖下水的喔。假如你們倆都要拋開社團，妳就跟阿倫同罪了。」

「我不一樣喔。我都是被倫也拉著忙東忙西，被他拖下水。」

「並沒有不一樣。我會加入這個社團，是因為跟我一樣不屬於御宅族的妳，盡心盡力到難以置信的關係。」

「我……有那麼盡心盡力嗎？」

「妳總是一副淡定的樣子，不會跟著耍寶，卻把所有人顧得面面俱到，一回神就設法將問題處理掉了。」

儘管這些話是如此熱情，美智留仍稍微低著頭，一字一句地慎選用詞，慢慢地說。

「這個社團啊，每個人都很任性，尤其是代表最我行我素，雖然大家都不太聽話，不過，如果妳來發言，就滿能讓人信服了。」

因此，惠無法將目光，從如此靜靜訴說的美智留身上移開。

「可是弄到現在，妳跟阿倫稍微吵了一架就要放手嗎？那樣就比拉走阿倫的小澤村或霞之丘學姊更不如了喔。」

「我本來，就沒有比那兩個人高到哪裡……」

「正因為如此，為了跟那兩個人分庭抗禮，妳才一直都沒有鬆手不是嗎？」

明明每一字每一句都會刺痛她，讓她想把臉別開，卻怎麼也無法轉過頭。

「妳曾經……是我的威脅……」

「冰堂同學……？」

「妳讓不用努力也能辦到大多數事情的我，覺得自己好像非努力不可～是個討厭的女生。」

因為她不能辜負美智留的心意。

「所以，小加藤……」

美智留抬起原本一直面向下方的臉龐，真切地凝視惠。

然後，她把桌子底下的手伸向惠……

「啊啊！」

「……冰堂同學？」

接著，伴隨著驚慌的叫聲……

桌底下同時傳出東西散亂一地的沙沙聲響，有幾張紙掉到了惠的腳邊。

「啊～等一下等一下！那妳不用幫忙撿，我來收拾就好。」

「……這是什麼？」

「啊～不行啦，妳別看～～～～！」

「咦？」

美智留喊了也只是枉然，惠拿到手裡的紙是……

■加藤惠勸說計畫（第三稿）

二〇××／九／××　霞之丘詩羽

「……咦？」

「明明都叫妳不用幫忙撿了～！」

幸運的是，那在美智留藏起來的整疊紙張中，似乎是封面。

「呃～……」

然後，惠又撿了一張起來……

「對此，身為副代表的妳，打算怎麼辦呢？」

「加藤，既然妳是副代表，代表不見時就要代接職掌喔。妳在這個社團可是地位最高的喔，
決定權在於妳喔。」

※）要配合自己的語氣稍作調整

「…………」

「那、那個～如果妳能當成沒看見，把東西還給我就太好了～」

惠在過去，曾經看過這樣的「腳本」。

沒錯，那是在一年多以前，她拜託著名小說家（霞詩子）寫出來的東西。

而目的，是要讓自己照著那份腳本發揮演技，激起對方的情緒。

沒錯，講難聽一點，就是為了隨心所欲地操控對方……

「……冰堂同學。」

「什、什麼事？」

於是，惠照著美智留所說，把撿起來的紙交給她後，趁她還沒有說任何話以前，把千圓鈔擺

到桌上。

「辛苦妳了。我要先回去了。」

緊接著，惠匆匆起身。

「啊，沒有啦～妳再聽我講一下……」

「不必，妳不用再多說任何一句話……」

「小、小加藤……？」

「要不然，我沒自信自己會擺出什麼樣的態度。」

「啊啊啊啊～！」

她一瞬間就離開店裡了。

然後，數十秒後。

被留下來的美智留尷尬似的搔了搔頭後，最後蒐集好自己剛才弄掉的紙，操作智慧型手機，按下了通話鍵。

「啊～小波島小波島，請回答……我方勸說失敗。」

※　※　※

「啊……」

「歡迎回來，惠學姊！」

又過了幾十分鐘。

惠在離家最近的車站下車後，這次又有人用活潑有力的聲音，向她說聽起來像走進女僕咖啡廳的台詞。

「出海……妳家根本不在這個方向吧？」

惠不知道什麼時候被超過了……話說，顯然是順道去了咖啡廳的關係。

出海肯定比較晚離開同一間豐之崎學園才對，卻捷足先登地等在驗票口。

「哎呀~畢竟是週末嘛，天氣也不錯，一回神，我不知不覺中就來到這裡了……」

「不用那樣打哈哈了。」

「……是。」

不，她肯定和美智留一樣，是預先等在這裡的。

「所以呢？出海，妳是聽誰說了些什麼才被找來的？」

「啊～關於這個嘛，中間有許多過程……是美智留學姊從霞之丘學姊那邊聽到了許多關於倫也學長的事……」

「原來如此……」

惠對於出海要叫所有登場人物「學長姊」的立場有些同情，但她本來就大致料到了事情發展至今的經過，這下子更確定了。

換句話說，今天的這齣鬧劇……不對不對，這篇勸說的劇本，全都是偷人的那一方……不對不對，全都是擔心社團的霞之丘詩羽策劃出來的。

「照她們的說法，是天照大神（加藤惠）心情不好，再這樣下去世界會陷入黑暗（遊戲會無法完成），因此要集合所有神明（其他成員）之力想辦法度過難關。」

「……喔～」

「可是，結果天鈿女命（冰堂美智留）的引誘任務似乎失敗了……」

「喔～那一連串的比喻非常有霞之丘學姊的調調……」

「惠學姊，她是在擔心妳和倫也學長喔……不只社團裡的成員，還有以前的伙伴，大家都很擔心。」

戀愛小說之神動用了以往的所有角色，寫出勸說第一女主角又熱血的和好劇本……

「擔心倫也無妨，但不需要擔心我喔。」

惠卻打算把那當成拙劣之作捨棄。

「畢竟，我沒有任何改變……現在我也沒有感到受傷，以後也都不會感到受傷。」

然後故作平靜地留下這些話，打算丟下特地來勸她的學妹而邁出步伐。

惠的話聽起來根本就是逞強，配上僵硬的表情。

「那麼，就算倫也學長不在，應該也能做遊戲對吧？」

「出海……」

「學姊應該可以跟我一起努力對吧？」

那跟多事的配樂負責人（美智留）在短短幾十分鐘前說的內容一模一樣。

正因如此，惠切身體會到多事的原畫負責人也是真真切切地在替她和倫也著想。

「我反而想問妳跟冰堂同學，為什麼？」

「學姊是指什麼呢？」

「為什麼妳們要原諒拋下社團的倫也呢？」

正因如此，惠才想否定。

否定她們把那個任性的社團代表，視為跟她密不可分的人。

「呃～惠學姊，那是因為……」

「加藤同學，那是因為我們並非憑感性，而是憑理性認同他啊。」

當惠再次回頭看向出海，跟她面對面的瞬間……

忽然從出海背後出現的褐髮捲毛男(波島伊織)就擅自接話了。

「倫也同學絕對會回來。他在那邊也會大顯身手，而且肯定會成長得更加茁壯，然後凱旋而歸……咦？」

不過，理應在伊織眼前聽他唱高調的惠……

「出海？我記得加藤同學剛才還在這裡……」

「學姊用全速回家了啦！所以我才叫哥哥別出來嘛！」

※　※　※

在那之後，惠回到家裡，用完晚餐，洗了澡，回到房間，躺進床鋪。

「…………嗯～」

告別星期五，迎接星期六，即使到了早晨即將來臨的時刻，她仍窩在床上卻沒有睡著，一直與放在枕邊的智慧型手機大眼瞪小眼。

……唉，做的事情和昨天傍晚沒有任何不同，在各方面還挺那個的就是了。

解除休眠確認首頁，ＬＩＮＥ的未讀訊息數量已經超過二位數了。

而到了最後，惠無法按下ＡＰＰ的按鍵確認那些訊息，翻身朝向智慧型手機的另一邊，幾分鐘後又轉回智慧型手機這邊，不斷重複。訊息就快累積到將近三位數了。

「不看，不讀，不在意。」

然後詠唱每次內心生波，她就會用來讓自己鎮定的咒語。

「我是個淡定……情緒表現隨和，事情過去就不會記在心裡，而且不太分得出喜怒哀樂的女生。那就是我——加藤惠。」

……由自己所編，讓人聽了會覺得有點那個，能用來令心情平靜的魔法咒語。

嗯，在此禁止提及的是，早就沒有人認為惠「淡定又情緒表現隨和」了。

「不在意，不在意……不看，看了就輸了，會變成我原諒他了……」

不過，那種咒語也跟咖啡因或能量飲料一樣，重複幾百次就會讓效果持續的時間下滑……

如今她落得精神安寧保持不到一分鐘，就再度重複相同懊惱的處境。

但為了強調自己的憤怒，將自己的精神壓力累積到極限拚一口氣的行為有何意義？再說，假如讀了ＬＩＮＥ的訊息就等於原諒對方，世界肯定是個充滿寬恕的烏托邦……這些初步性質的疑問在此也同樣禁止提及。

「唔！」

以遊戲研發漸入佳境的時期來說，當惠就這樣讓人由衷認為她在浪費光陰時……

智慧型手機又響起接到訊息的聲音，讓惠的精神壓力值更加增長。

「……咦？」

想是這麼想，這次她卻拿起智慧型手機，急忙地開始操作。

……因為收到的訊息並非來自ＬＩＮＥ，而是郵件。

「啊……」

※　※　※

From:「安藝　倫也」〈T-AKI@○○○.○○〉

Subject:到昨天為止的狀況

※　※　※

惠看了郵件的來源與主旨……這次毫不遲疑地打開正文。

沒錯，畢竟這是郵件。

讀了也不會穿幫。

如此盤算的她，打開郵件後看到的是……

※　※　※

呃，用LINE傳訊的話，會惦記妳有沒有讀。

掛懷著那些對心理衛生不好，因此我還是像以前一樣寄信給妳。

話雖如此，也不是叫妳非讀不可就是了。

不過，用寄信的，我就不會惦記有沒有傳達出去，可以順暢地寫出自己的想法，所以選用這種方式而已。

※　※　※

「什……」

是寄信者倫也膽小至極的盤算。

※　※　※

假如妳不想讀，不讀也可以喔。

……不過，或許妳會覺得有空寫這些還不如去寫劇本，要是有諸如此類的話想吐槽，那就麻煩回信給我……

※　※　※

「……………………喔～」

惠明白，自己的眼睛就像盯著跑馬燈一樣迅速黯淡下來。

她明白，自己的頭腦就像泡了液化氮一樣變得冷冽清醒。

※　※　※

可是，可是呢……

雖然對妳過意不去，但我目前正在經歷非常不得了的體驗。

畢竟，我參與的可是《寰域編年紀》喔！

或許妳聽不出有多厲害，但是在我們長大懂事以前，

《寰域編年紀》早就是名氣響亮的大作了喔！

像它的第一代已經沒有主機可以玩了，

甚至還出了重製版，《寰域編年紀》就是這樣的作品喔！

※　※　※

「……喔～這樣啊～那真是太好了呢～」

隨著倫也的文章越寫越起勁，惠講話也逐漸變得怪腔怪調。

※　※　※

儘管這是偶然，這是奇蹟，我無法說自己不高興。

現在我覺得，上天真是惠我良多……對不起，惠。

※　※　※

「喔～原來如此～這就是『打從心裡覺得噁』的感覺～……嗯，我非常理解了～」

而且，隨著倫也的文章越寫越起勁，惠的吐槽也逐漸變得不留情面。

※　※　※

當英梨梨和詩羽學姊為了無聊的事情，或無法讓步的事情起衝突。

而我為此提出沒幫助的建議或無意義的吐槽時。

在房間一角，會單純待在那裡，淡定地把事情帶過的那個人不在。

我越是開心……

就越是覺得妳不在身邊，讓我好難過。

※　※　※

「哇～還自戀起來了耶。不行，我受不了了。」

※　※　※

……我好想，趕快見到妳。

※　※　※

「吵死了……吵死了，吵死了，吵死了啦……！」

惠拚命維持差點走樣的語氣與抑揚頓挫，淡定地一味臭罵那封郵件。

而她一面繼續罵一面下床，啟動電腦後也用電腦收了信，並且同時按下ｃｔｒｌ和Ｐ，匆匆忙忙地下樓到擺著列印機的客廳……

幾分鐘後，在她回到房間時，手裡多了列印出來的郵件……還有紅筆。

「我想想，『你背叛別人似乎還過得非常開心呢，真令人羨慕。』……」

天色早就亮了。

可是，惠眼裡蘊藏的黑暗卻越顯昏沉……

「這裡的評語是：『誰曉得，我又沒有玩過寰域編年紀。』……」

從她口中溢出的黑暗更越顯辛辣……

「『我完全、根本、一點也不想見到你就是了』……」

惠的手更火紅燃燒……不對，紅筆更將列印紙染得鮮紅，嗚放出要打倒寄件人（倫也）的光芒。

她那像著了魔般批改郵件的模樣……

呃，要說跟創作者入定的狀態一樣好像也不是不行啦。

※ ※ ※

接著在星期六下午一點。

昨天也利用過的，木屋風格的咖啡廳。

「對不起喔，忽然把妳們倆都叫出來。」

「……不，不會啦，那是無妨。」

「是、是啊，惠學姊，我完全ＯＫ喔……先不管這一個晚上之間究竟發生了什麼事。」

在那裡有昨天理應一下子就讓惠逃掉的美智留跟出海，正因為忽然被當事人叫出來而顯露疑惑之色。

「呃，先讓我為昨天的事道歉好嗎？我對妳們和身在遠處也想鼓勵我的霞之丘學姊……都說了許多過分的話。」

「不，怎麼會，妳不用特地道歉喔～」

「對啊！我根本不在意！畢竟上週碰到的狀況更慘！或許惠學姊沒有自覺就是了。」

「……出海，真的對不起，我發自內心向妳道歉，請原諒我。」

「……先不管發生過什麼事情，妳還是一樣滿不留情的耶，小波島。」

美智留一面望著在眼前一臉發青，還把頭埋得更低的惠，一面發誓自己在今天絕不會用「上週」這個字眼。

「還有，我先用ＬＩＮＥ把小加藤剛才說的話轉達給霞之丘學姊了喔～」

「謝、謝謝妳，冰堂同……」

「……才剛講完，學姊那邊立刻就回覆了耶。」

「霞之丘學姊有確實原諒我嗎？」

「呃～我看看喔。『加藤，妳突然軟化了呢。難不成昨晚度過了性愛六小時？』她是這麼回覆的……」

「……總之，我對那沒有禮貌的訊息不予回應，但是在我面前時，能不能請妳封鎖跟她的通訊，冰堂同學？」

「噫噫！」

「妳要先原諒對方啦，小加藤……」

眼前的出海似乎因為惠剛才驟變的態度，回想起了什麼而臉色發青，美智留則一面望著她，一面抱持著疑惑：單以今天來說，或許最沒立場的是她自己。

※　※　※

「……要辦集宿？」

「惠學姊，妳是指從現在嗎？」

「嗯……雖然遲了一點，但我們還是來辦吧。」

於是，賠罪告一段落後……

彷彿昨日之我不復在，惠變身成比平時更加積極的副總監了。

「我有得到媽媽的允許……假如『最多』『就兩個女生』的話，要在我家過夜是ＯＫ的。」

……呃，把某位男性成員（伊織）巧妙排除在外這一點很有惠平時的調調就是了。

「不過說真的，小加藤，為什麼突然這樣？」

「昨晚果然發生了什麼……」

「沒有啊，沒有發生什麼……」

沒錯，什麼事都沒有。

惠確實收到了有點噁的郵件，不過，那大概只是讓她做出最終決定的臨門一腳……

「只是，考慮過許多事情後……我還是決定就此打住。」

她能像這樣從情緒谷底復活，並不是因為那單單一項「特殊劇情」造成的。

「妳說的打住，是指什麼？」

「那當然是指煩東煩西嘍，對不對，惠學姊？」

因為惠敢相信，原因存在於以往她在這個社團度過的日子……換句話說，就是「日常劇情」的積累之中。

「不是喔，妳說的只有一點不對……我要打住原諒倫也的念頭。」

「什麼？」

「咦……？」

……話雖如此，直接把那種老套的結論說出口，是輕視日常劇情的遜寫手會做的事。

「所以在倫也回來之前，我們就把遊戲完成絕大部分，讓他在大家面前下跪謝罪吧？」

「小加藤……？」

「惠學姊……？」

「不過，為此還是要拚才可以……畢竟，倫也目前正在朝錯誤的方向付出全力。假如我們這邊沒有付出全力，就會被他當成藉口了嘛。」

正因如此，惠刻意在這個時候異想天開地對她們耍寶。

包含著多下這種工夫，萌系遊戲的劇本就會一點一點地變有趣的自尊。

沒錯，這只是稍微拐了彎，又編得精彩的萌系遊戲劇本。

「所以，我們就拚命努力……切斷倫也的退路吧？」

「…………」

「…………」

惠並沒有打從心裡發誓要報復倫也……才對……大概……一定是……

「來吧，因為這樣，之後的週末一天都不能浪費喔，妳們兩個。」

「喔……喔～」

「一、一起加油吧～」

儘管兩人其實很想吐槽：「直到昨天都滿心想要浪費時間的人在出意見耶～」

不過，面對現在打開奇怪開關的惠，似乎任何反擊都無效。

現在的惠，心裡大概有許多種感情攪和在一起，根本無法做出冷靜的判斷。

即使如此，她仍不相信「事情已經完蛋了」……

不，她是個足以讓人相信「事情不可能完蛋」，就跟主角一樣的第一女主角。

※　※　※

「噯，出海……還是到我家吧？總不能給妳的父母添麻煩。」

「不，惠學姊，來我家絕對比較好！」

在那之後，惠……不對，包含被惠感化的兩人在內，她們三個的行動都很迅速。

離開咖啡廳以後，她們趕往車站，衝到購物商圈買了兩天分的零食與飲料。

「誰教我的工作設備是桌上型電腦，又不能輕易帶去惠學姊家。」

「我家也有筆記型電腦啊……」

「來我家的話就有其他兩台筆記型電腦，而且客廳還有增幅器和喇叭。」

「喔，那太好了～」

再買完更換的衣物和盥洗用品後，目前她們在車站月台爭論「要搭往哪個方向的電車」。

「可是，兩個女生突然上門拜訪，未免……」

「啊～那沒有問題。」

「什麼叫沒有問題……」

「剛才我哥哥好像已經帶著整套工作道具，到附近的商務旅館登記入住了。他說：『有我在

的話，副代表八成會覺得排斥。』……」

「……咦？」

不，要說得更進一步的話，行動迅速的不只她們三個。

「而且晚餐的外賣都叫好了，增幅器也已經設置完成，我們一回去馬上就能開工。啊，剛才從旅館那邊也連上Skype了。」

「……抱歉，出海，我還是不擅長應付妳哥哥。包含那種讓人覺得絕對敵不過的特質在內，我都非常討厭。」

「波島哥的體貼有點超越人智了耶……」

就這樣，原畫、配樂、製作人兼總監、副代表兼副總監團結一心，「blessing software」圓滿地再次全力運作了。

啊，雖然遺漏了代表兼劇本寫手，不過無所謂，對社團活動影響不大。

※　※　※

「所以嘍，歡迎來到我們家～♪」

「打、打擾了……」

「唔哇～新房子的氣味～！」

結果到最後，集宿場地之爭是由出海……不，由波島兄妹大獲全勝作終，這裡是位於寧靜住宅區，掛著「波島」門牌的獨棟民宅。

「我的房間和客廳基本上都可以使用。啊，請不必擔心。今天不只我哥哥，我爸媽也出門過夜了。」

「……感覺跟阿倫家一樣方便耶。」

「呃，那、那我們開始準備吧。」

打斷美智留好似在窺探作品世界觀深淵的不長眼發言，惠一進客廳就馬上挽袖展現出拚勁。

「那麼出海，我先從哪裡開始幫忙好呢？做飯嗎？打掃嗎？還是燒洗澡水？」

「……惠學姊，副總監請不要一來就開始做家事。」

「是嗎？往常集宿時，我都先從那些做起耶。」

以出海的立場來說，會有一股衝動想要吐槽：「我想那不是活動的問題，而是地點的問題。」……

「……與其弄那些，今天我有無論如何都希望惠學姊幫忙的事情。」

「好啊，妳儘管說吧。」

不過，現在與其講那些，出海決定以更加強烈的衝動為優先。

「那麼……接下來請學姊暫時不要動。」

「……咦？」

※　※　※

「欸！惠學姊，我不是說過不要動嗎！」

「可、可是出海……」

「不要講話！不要眨眼睛！不要呼吸！」

「那樣會出人命啦……」

「請學姊用那樣的心態配合！畢竟巡璃劇情線的原畫作業已經讓我期待很久了！」

星期六傍晚，窗外照進來的夕陽正逐漸變紅沉落。

波島家成了社團集宿的場地，而被迫坐在客廳沙發上將近一小時的惠，開始對眼前忙著畫素描的出海訴苦。

「但妳也不用素描我啊……」

「第一女主角說這什麼話！惠學姊，妳在說什麼啊！」

然而，逼得她訴苦的插畫家（出海）本人還是充滿餘力與熱情，不客氣地要求模特兒（惠）繼續毫無休息時間的重勞動。

「惠學姊，妳聽好嘍。第一女主角可是美少女遊戲的頭號花旦！以原畫來說就是美少女遊戲的最大賣點！至於素描草圖，更是原畫中的第一關鍵！換句話說……我現在進行的作業，在所有程序中是重要度最高的一道工程！」

「呃，可是從剛才的說明，我好像聽不出『非得素描我的理由』耶，妳覺得呢？」

「好了，惠學姊，請妳再擺一次姿勢！要可愛、優美、有氣質！請用淡然的表情望過來，再純真無邪地微笑，然後不時惆悵地垂下目光！」

「……要我動也不動地辦到那些，實在難到極點耶。」

「呵……呵呵……呵呵呵呵呵，來了！形象湧現出來了！」

「出、出海……？」

出海就像被某處的某人（♭第0話的英梨梨）附身了一樣，現在還進一步加快速度，動起鉛筆和嘴巴。

「可以，行得通！嘴唇濕潤度、肌膚的質感、穠纖程度、髮量、睫毛、寒毛，乃至每一根雜毛，此時此刻，所有形象都浮現於我的腦海……！」

「啊～抱歉，請妳務必停下來。還有最後的那個不存在，一根都不存在。」

她的那些話、那番堅持……非常有中年大叔味。

「唉，能動用全力固然是好事，但妳要好好計算並分配體力喔，出海。」

「沒問題……如果作業在預定期間內結束，再怎麼付出全力都不會有問題！」

「圖還要上色吧？那樣只會壓迫到後續的工程吧？」

「沒問題……反正上色也是我負責！」

「所以那不叫沒關係啊……」

開工後，出海立刻展露過人的熱情與速度，令人能預見集宿會很成功，簡直是完美的起步。

然而，惠在社團待了第二年，知道後繼無力是什麼樣的狀況。對她來說，那種熱血過度的拚勁，看在她眼裡會顯得有些危險也是事實。

「噯，冰、冰堂同學，妳差不多也該勸勸她……」

當惠拚命只動眼睛（因為動臉會挨罵），想跟理應就在右邊的美智留求救時……

「啊～小加藤，妳別找我講話～像剛才那樣，懶洋洋地繼續跟小波島發牢騷～」

結果美智留似乎跟出海一樣，正忙著用鉛筆在樂譜上猛寫猛畫。

「……妳在做什麼？」

「那還用說，作曲啊～」

「呃，從剛才的說明好像還是聽不出『我不能找妳講話的理由』耶，妳覺得呢？」

「哎喲～因為啊～剛才她跟妳的對話啊～和主角在巡璃劇情線早期跟巡璃對話的形象非常吻合啊～」

「妳不要從奇怪的地方取得靈感啦……」

直到剛才還作為副代表握有完整主導權的惠，如今已經不存在於此了。

在這裡的惠是遭到兩位社團當家創作者橫行霸道地蹂躪，既不能反駁也不能反抗，名為副總監的玩具。

「但是妳想嘛，早期主角與巡璃講話不對頭的場景，不就是這種感覺嗎？比如『巡璃04』，兩人在第一次約會去看足球的劇情。」

「我從來不覺得那部分的劇情寫得好耶……」

何止如此，關於那個劇情事件，惠還曾經狠狠地對劇本寫手打了回票（參照第十一集第一三六頁）。

「那些劇情啊，平時應該都是用阿倫與小加藤當藍本，不過換成小波島也完全套得進去耶。真不愧是阿倫的愛徒，簡直就是迷你阿倫！」

「別那樣說她啦，出海實在太可憐了。」

「那個～我自己並不覺得剛才那些話有那麼損人耶。」

雖然她當時打回票，有一半以上不是針對主角，而是針對和主角採取同樣行動模式的劇本寫手。

「好！總之我譜完了，那就來聽看看吧。『巡璃04』用的配樂……『不對頭的約會』！」

「咦，已經完成了？」

「只要有形象，作曲就是這麼簡單啊～」

美智留才說完就馬上抱起吉他，對好不容易寫好的樂譜看都不看，望著手邊的琴弦開始緩緩地用手指撥彈。

「啊……」

「哇啊……」

曲子開頭是慢節奏的小調。

聽起來就像女生硬被邀去約會又提不起勁，只好漠然地跟在男生後面的情景。

然而處處穿插的轉調，就像男方對遲遲跟不上的女方時而等候，時而催促，有點不長眼的心境。

『我跟你說，沒有女生會對這種我行我素的任性男生抱持好感喔。』

『才、才沒有那種事！妳想嘛，電視劇裡常出現這種橋段啊。男方主動邀請女方，自己卻沉迷在其中……儘管女方一開始感到傻眼，不過還是覺得男方孩子氣的那一面很可愛，就脫口說出：「唉，拿你沒辦法。」……』

『不會那樣的啦。如果在現實中那樣對女生，說完「拿你沒辦法」後人就回家了。』

『等一下，妳別走啦！』

「……唔。」

「惠學姊？」

「怎……怎樣？」

「……請不要改變表情。因為我還在畫素描。」

「抱、抱歉……」

那時「雖然不知道為什麼」，惠腦海裡浮現的情境是短短幾天前，她對劇本寫手打回票時的事情。

而在那時候，惠臉上浮現的表情是笑容，還是生氣的臉，或者……

那一點，不問出海就不曉得。可是，她當然也問不出口。

「……好了，我彈完嘍～」

「唔哇……好棒喔！這真的是剛剛作出來的曲子嗎！」

「…………」

在那之後，曲子還是不斷出現轉調與節奏起伏，有時吵鬧，有時失去存在感，蘊藏著不知道再彈下去會變得如何的驚險。

即使如此，兩種節奏與曲調仍逐漸變得不互相干擾，最後融合在一起……惠有這樣的感覺。

「怎樣，小加藤？有沒有在約會的感覺？」

「……那我不曉得啦。」

美智留拋來了切中要害的疑問……

惠被出海禁止亂動，「只好」看都不看美智留，並隨口回應。

畢竟，假如要把這首曲子當成「他與她」結緣的過程……

那還真是滑稽，有太多地方都脫離常軌，一點都無法得到共鳴。

根本無法想像在現實中，會有情侶用這種方式湊成對。

……正因為如此，以美少女遊戲的配樂來說，這或許非常出色。

「……好，我這邊也完成了～！」

「喔，小波島，讓我看讓我看。」

「啊……」

而且，彷彿算準了時機……

出海翻過素描簿，展現自己在這一小時使出的渾身解數。

「嘿嘿嘿，其實這也是『巡璃04』的劇情事件圖……」

「喔～『真巧』耶～」

「是啊，沒想到會跟美智留學姊撞哏～」

「…………」

透過她們倆那種「假惺惺」的互動……

不，惠在目睹那張草圖的瞬間，就發現到這兩個人是「事先講好」的了。

畫裡的，是跟倫也……不，跟主角認識沒有多久時。

八成沒有任何憂慮、任何心思，也沒有任何束縛。

只是漠然地、淡定地、面無表情地，帶著一絲絲情緒，始終被「主角」熱情以對的自己……

第一女主角。

「怎、怎麼樣呢？惠學姊？」

「曲子跟圖如果有地方需要改，妳就說吧，副總監。」

不可能有地方需要改。

「做同人有這種水準就夠了」、「要是考慮到期程，根本無法退回重做」——即使將那些因素全部剔除，她們交出來的成果也完全ＯＫ。應該說完美。

「……………」

「……惠學姊？」

「唉，妳慢慢想就好～」

即使如此，惠仍深深地、深深地思考，這首配樂與這張圖，是否與遊戲、劇本及巡璃劇情線的故事情節契合。

為什麼那時候……在巡璃劇本的早期，她會接受他呢？

她怎麼會選擇跟那種又宅又自以為是的男生在一起呢？

這樣一想，早期的巡璃果然只讓人覺得又笨又不會思考。

可是，可是，既然如此……

都明白那麼多了，為什麼自己現在卻……不，為什麼巡璃卻……

選擇跟結尾的男主角修成正果的劇情發展呢？

為什麼她會選擇，在一年多以來，始終不離開主角並相伴相隨呢……？

「唔……啊，對、對不起，出海……我不小心動到臉了。」

不只表情，連手都挪到了眼睛旁邊。

而且不只臉的位置，連表情都有了大幅改變。

「……學姊，已經沒關係了喔。」

「素描結束了喔，小加藤。」

「對、對不……對不起……！」

連模特兒的職責已經結束都忘了。

第一女主角，叶巡璃總算……

不，副總監加藤惠，總算對那樣的配樂與原畫表示ＯＫ了。

儘管她的考察是將現實與劇本搞混在一起，有所出入的部分多得是。

即使如此，經過判斷後，那大概足以抓住她……抓住玩家的心。

「我……我去洗一下臉。」

於是……

惠挪動總算得到解放的身體，落荒而逃似的離開兩個人，跑進盥洗室了。

接著，過了大約二十分鐘……

應該是出於跟「女生修養」有關的因素，惠並沒有回到客廳。

「……好嘍，完成～」

「什麼？妳已經畫完第二張了嗎？」

「是啊……學姊剛才的表情，我拜收了～♪」

「……妳真的毫不留情耶～」

因此，惠沒有理由知道，她不在場的這段期間發生過什麼……

※　※　※

「……這就是妳們的目的？」

「咦……咦～？」

「什麼目的啊～？」

等惠從盥洗室回來的時候，客廳的素描簿與吉他都先被收到室內一隅，桌上準備了來得稍早的晚餐。

她們兩個準備之周到，感覺倒也像在湮滅什麼證據。

即使如此，看了集宿開頭的成果，作為副總監也沒有理由反對在這時安插休息時間。

「妳們從昨天就說要辦集宿……其實不是想找我徵求建議，對不對？」

……只是，就算那樣，也無法構成惠可以對兩人「想在集宿尋求什麼」不予追究的理由。

「哎呀～妳在說什麼呢，小加藤？到最後提議要辦合宿的人不是……」

「美智留學姊……」

美智留打算裝蒜到底，而深知惠「最近」有多恐怖的出海予以制止，低頭賠罪以後把話接下去。

「對不起，惠學姊……就和妳說的一樣。」

「只是要討論配樂或圖的話，有波島哥就夠啦。話說，他才是總監嘛～」

「唔……」

「啊！跟惠學姊討論當然也ＯＫ喔。不過，這些事情也用不著特別麻煩惠學姊！」

「我們需要的，不是身為副總監的小加藤，而是身為第一女主角的小叶啦。」

「呼、呼嗯～～……」

「拜、拜託妳選一下用詞啦，美智留學姊～」

像這樣，即使出海拚命想要打圓場，大口吃披薩的美智留講話仍毫不顧忌，確實地戳在惠的痛處。

「不不不，事到如今妳在說什麼啊，小波島？對她最狠的肯定是妳啊。」

而且正如美智留的指謫，出海在口頭上裝得客氣，然而其行為之狠心，同樣是戳在惠的痛處上。

「劇本、原畫、配樂……終於都進入第一女主角的劇情線了。」

「阿倫有說過吧？第一女主角的劇情線，必須壓倒性地勝過其他女主角的劇情線才行。」

所以到最後，美智留和出海互相交換眼神，然後放棄多做粉飾，決定向惠講出真心話。

「為此，我們還是需要巡璃的建議。」

「沒有錯，我們要了解小叶的表情、感情與心情才行。」

「要在理解以後，吸收以後，再用作品呈現出來才可以……」

「所以嘍，小叶……不對，小加藤。這個週末，我們要讓妳變得赤裸裸的喔。」

於是，儘管惠被她們倆認真的目光及話語嚇住了……

「妳們的意思，是要我成為巡璃？」

即使如此，她仍用程度相當的認真目光及話語反問她們倆。

「可是，巡璃又不等於我本身……」

「喔～那不要緊，就算那樣也不要緊。」

「我們只是希望惠學姊做示範而已。」

「示範在這款遊戲裡，一定得最受歡迎的叶巡璃這個角色。」

「代替目前不在場的劇本寫手……」

「不過，那其實是劇本寫手的職責……」

「要是妳不做，就斷不了那傢伙的退路喔。」

「會無法將遊戲完成，然後讓倫也學長下跪認錯喔。」

惠的退路，早就被阻斷了。

而且，還是本著斷倫也退路的大義名分。

「真是的……」

對她們倆來說，那大概是偶然的藉口。

只是因為惠決定「不原諒倫也」，而她們搭上順風車罷了。

「無論巡璃被呈現成什麼樣子……我都不管喔～」

所以，最後惠會成為巡璃，到頭來也是她自己選擇的路。

※　※　※

「兩張草圖收到嘍。」

「怎麼樣？」

「嗯，我這邊沒有任何意見。照這樣繼續畫就好。」

「太好了～」

「嗯，我自己非常有信心就是了。」

「果然，幸好我不在那裡。」

「因為要是有我在，就無法引出巡璃的這種表情了。」

「喔～也對啦。」

「聽好嘍，出海。今天一整個晚上，都不要把目光從她身上移開。」

「包括她的表情、講話方式、態度，都要全部偷過來。」

「因為那肯定就是倫也同學心目中的巡璃。」

「了解♪」

「了解♪……嗯？」

「咦～巡璃是那麼不會為對方著想的女生嗎～？」

「……冰堂同學，我沒有想過會聽到妳那麼說呢。」

當出海把原本在操作的智慧型手機收回口袋，打算重新加入對話時，惠與美智留之間早就針對巡璃展開熱烈討論了。

「可是，巡璃是所謂的第一女主角吧？第一女主角像她那樣感覺很討厭耶～」

「冰堂同學……沒想到妳在人格方面的要求那麼有潔癖……對自己以外。」

「哎喲，不是那樣啦。我不是那種意思。只不過，這樣讓我開始覺得她把女生間的友情看得好薄～還有，小加藤妳講話的方式果然很陰耶！」

出海想設法插進那兩個人的話題，就發現她們正在看電腦秀出的遊戲研發畫面。

具體而言，背景是「購物中心」，角色站姿圖是「巡璃便服其二」。

而巡璃的表情種類是……「生氣其一」。

「呃……這是『巡璃08-2』的劇情事件嗎？」

「沒錯沒錯！小波島，也讓我們聽聽妳的意見！所謂的第一女主角，不是應該在各方面都更完美的嗎？任誰都會喜歡的那種完美。」

「不過冰堂同學，那種像人偶一樣的女主角，大家真的會喜歡嗎？」

「那個，不好意思，想讓我參與話題的話，請妳們依順序說明！」

劇情事件編號：巡璃08-2

種類：選擇式劇情事件

條件：發生詩羽06，在第八個星期六選擇巡璃之際發生

概要：和巡璃在購物中心約會，然而……

呃～所以呢，依順序說明的話……

她們激烈爭論的劇情正如出海所說，是出自「巡璃08-2」，觸發條件見前述（詳細內容載於第十一集一三九頁之後）。

其實呢，這個劇情事件與單純和女主角打情罵俏的約會事件別有不同，那正是導致惠與美智留出現歧見的重點……

「喔～……主角在這時候拋下約會不管，跑去其他女主角身邊後，巡璃做出的反應嗎～」

沒錯，在這個劇情事件裡，主角居然約會到一半就走了。

他那麼做，有「為了跟鬧僵的其他女主角和好」的明確目的，而且「主角也對第一女主角說明過原委」，「第一女主角也在認同後幫忙從背後推了他一把」，都是規規矩矩地按照正式手續來處理。

可是……主角離開之後，第一女主角的表情區別……

「……真的耶，她有夠生氣的。」

「這樣不奇怪嗎，小波島？那是為了朋友喔，她還表示過認同喔，這個小加藤……不對，小叶怎～麼還露出這麼排斥的表情啊？」

「這張『生氣其一』的表情要是可以用『排斥的臉色』簡單帶過，我們就無法討論了耶。」

此時，惠用了近似於「生氣其一」的表情，嘀嘀咕咕又相當明確地做出反駁。

「可是，至少我在讀所謂的大綱？時，就不覺得她是這樣的角色啊～她應該要更坦率，更溫柔才對。」

「我認為溫柔坦率這一點沒有改變喔，她只是進而變得更有人味罷了。」

「嗯，也許惠學姊說的確實也有道理……光是坦率溫柔，角色性或許偏弱。」

「對吧，出海？」

「咦～但我記得巡璃的賣點不就是『角色性薄弱』嗎？」

「只有在早期是那樣喔，冰堂同學。這個階段的巡璃會嫉妒，也會擺出排斥的態度，還會耍狡猾的心機喔。」

「咦！巡璃在這個階段還會做到這種地步嗎！感覺角色形象稍微……不對，似乎嚴重瓦解了耶……」

「就是啊就是啊～！」

「出海……妳是站在那一邊的呢？」

「等一下，妳的角色形象快要瓦解了耶，惠學姊！」

「說到底，我記得巡璃應該是更重視女性情誼的角色吧？像這個時候，她應該也在擔心其他女角吧？」

「我覺得妳說的那些角色設定都沒有變啊。」

「所以嘍，既然主角要去找其他女生，她是屬於會笑著從背後推一把的類型吧？」

「巡璃有笑啊，妳們看這一幕。」

惠說完後稍微轉動滑鼠的滾輪，畫面顯示出巡璃說「嗯，○○，你慢走。」的台詞，還有角色站姿圖的表情「笑容其三」。

「這一幕的她不是在生氣嗎！」

可是，美智留點了幾次左鍵以後，畫面連續顯示巡璃默默不語的「…………」無言訊息大約三次……

角色站姿圖的表情在最後從「笑容其三」，一下子變成「生氣其一」。

「唔、唔哇……這樣一連串看下來，感覺好恐怖。」

假如是初次目睹，感覺確實會有滿多背脊發冷的玩家。

……不過，感覺也有一定數量的玩家會背脊發顫（微妙差異）就是了。

「噯，小加藤，真的要保留這張表情嗎？」

「不行嗎？妳們倆都持相同意見？」

「主角也沒有看見喔，不必特地讓玩家看吧？」

「呃，基本上，對巡璃來說，女性朋友跟主角是哪邊比較重要呢？」

「這、這個嘛，呃～……肯定是朋友比較重要啊，在這個階段。」

仔細一想，惠在發言之際的微妙遲疑，還有「在這個階段」的微妙附帶條件，從許多方面來說都很微妙……

「既然這樣，她裝成替其他女生著想後在這時候生氣，不就更給人『結果還是男人重要嘛』的印象嗎？」

「嗯，感覺是會被同性討厭呢～」

「咦，是、是嗎……？原來……這樣、會被同性討厭啊……」

結果連考察那些微妙的部分都省了，惠的思維被另外兩個人狂批，讓她因而消沉……好似自已遭到批評一樣沮喪。

「……為～什麼小加藤會受到打擊呢？」

「對啊，我們是針對巡璃的人性在討論，惠學姊不必一一當真吧？」

「……既然這樣，妳們兩個別露出『笑容其三』的表情好嗎？」

後來關於「巡璃08-2」的表情問題，惠在壓倒性弱勢的局面下仍不屈不撓地頑強抵抗……

「所、所以說，巡璃確實是覺得朋友比較重要啊。」

「請問是以什麼樣的比例呢？」

「呃，平時大約是九比一，友情佔壓倒性優勢……」

「妳說『平時』，表示也有不是那樣的時候～？」

「呃，可是在做重要選擇時，比例好像會變成……一半一半……」

「……惠學姊，結果那不是等於所有重要的選擇，都是用對半的比例來決定嗎？」

「好討厭的女人喔～令人反感耶～」

「唔唔……」

「就說了，惠學姊，妳為什麼要沮喪呢～」

「我們明明是在談巡璃～」

「……嗳，妳們兩個現在變成『笑容其六（邪惡的笑意）』的表情了喔。」

結果，即使被責難得慘兮兮，副總監到最後還是沒有屈服。

這個問題成了「交由劇本寫手做最終判斷」的懸案。

因為如此，當初決定「沒有劇本寫手照樣要把遊戲全部製作完成，再讓當事人下跪賠罪」的目標在此時已經砸鍋了……

不過，已經沒人記得有那種條件了。

※　※　※

劇情事件編號：巡璃13
種類：選擇式劇情事件
條件：發生過英梨梨10，在第十二個星期日選擇巡璃之際發生
概要：男主角隱瞞自己照顧生病的英梨梨這件事，和巡璃第一次吵架

「吃醋？」

「因為吃醋嗎？」

「不是啦，根本不是喔。」

晚餐及休息時間都已結束的星期六晚上八點多。

三人依舊在客廳舉行女生聚會……不對不對，舉行遊戲製作會議。

「妳們想嘛，我剛才也說過了吧？基本上，巡璃是重友情多於愛情的女生喔。」

「可是啊……」

「總覺得～……」

「沒有可是也沒有覺得。何況她跟英梨梨……呃～她跟暫定名稱叫英梨梨的這個女角是好朋友喔。」

她們接著玩到的劇情事件是巡璃和主角第一次，而且嚴重鬧不和，在劇本中期也可以稱為轉機的重要橋段。

……雖然詳細情形要委由史實（第六集第七章）和過去（第十一集二三九頁之後）的內容做交代。

總之，這裡的關鍵點是主角沒有將青梅竹馬操勞過度而病倒的事，告訴和她也是好朋友的巡璃……

「妳們看，最重要的是這裡應該數落主角的行為才對吧？他在這裡的行為和選擇都滿差勁的啊……」

「不不不，我們現在對那個沒興趣～」

「再說想知道的話，只要問主角（倫也學長）就好了啊～」

「咦……咦～」

……然而，目前繪師與作曲家在這個劇情橋段視為問題的，是應該用原畫呈現的巡璃表情，還有應該用旋律演奏的巡璃心情。

「我想知道的，反而是巡璃為～什麼要對主角這麼生氣？我覺得狀況滿無奈的就是了。」

「對啊，畢竟是生病了，那也無可奈何嘛。再說對方是青梅竹馬吧？無法保持冷靜是可以理解的啊。」

「驚慌也沒有什麼不可以啊，要陪在她旁邊也可以喔……不過，只要主角願意跟巡璃商量一聲……」

「我問妳喔，小加藤，妳的意思是巡璃在要求主角『給自己特別待遇』嗎？」

「不、不是那樣，既然身為伙伴，當然應該……」

「可是，學姊沒有說『不找自己，找其他女主角商量也可以』吧？」

「是啊是啊，只是一直糾纏不休地怪他『為什麼沒有找自己商量呢？』。」

「她才沒有糾纏不休……！」

惠想乾脆地予以否認，話卻好像卡在喉嚨裡，還稍微黏住了……

「看起來有耶～畢竟距離之後和好的劇情事情，在遊戲裡也經過了很長一段時間吧？」

「這已經算地雷女了吧～」

「地、地雷……？」

「不是那樣嗎？學姊自己都說重友情過於愛情了……」

「卻超注重男人的態度不是嗎？這除了地雷以外沒其他方式形容嘛。」

「就是因為重視友情，才無法原諒他瞞著好朋友的事不講啊。」

惠這次想毅然否認，話卻說得莫名地快，聲音都完全變調了……

「那、那麼，既然如此，她也不必特地問主角，直接聯絡對方就好了吧？畢竟她們在『設定』上是好朋友對不對？」

「那、那是因為對方在那須高原，又收不到訊號……」

「咦？主角的青梅竹馬是在醫院喔。」

「……也、也就是說，因為待在病房，對方在『設定上』是將手機關機了……嗯。」

肯定是有鑑於各種因素，都沒有人提出「為什麼會扯到那須高原？」的根本疑問。

「不過話說回來，對方沒有跟巡璃聯絡就滿可疑的吧？」

「咦……？」

……這是因為，還有更切中要害的地方可以吐槽。

「是啊是啊，只要在語音信箱留言或傳個簡訊，正常來講，是好朋友都會確實回覆吧～」

「沒錯沒錯！」

「這樣看來呢，就算巡璃再怎麼把友情掛在嘴邊～對方早就視男人重於友情了～」

「怎、怎麼會……是那樣嗎？」

原本那種細節只要解釋成「寫手漫不經心」或「為求編劇方便」，應該就可以撇到一邊了。

畢竟，這些內容都是虛構的情節……

「啊～不過，我可以理解這個附屬女主角的心情。」

「是喔～小波島？但這個女生果然也有錯～！」

「這不是對錯的問題喔。該怎麼說呢？或許她沒跟巡璃聯絡確實有錯，但我可以原諒那種行為喔～」

「咦～我無法原諒耶～這個女生比主角更糟糕……小加藤，妳覺得呢？」

「咦？什、什麼？」

但是，不只徹夜未眠，還遭到前所未有的猛烈精神攻擊而疲勞困頓的惠，已經連用平時那套「喔～說得對耶～」虛應了事的判斷力都沒有了。

「我在談病倒的那個女主角。坦白講，她這樣算偷跑吧？」

「偷、偷跑？」

「小加藤，雖然妳從剛才就一直說是主角的錯，可是這個女生肯定也有錯啊。話說，這個女生肯定喜歡主角嘛。」

「那、那是因為……不過，我從一開始就知道那一點了啊。」

因此她給出不太能分辨是「對設定的觀感」還是「實際的經驗談」，活生生的率真回應。

「既然知道的話……那巡璃到底是在氣什麼？」

「什、什麼意思……？」

這樣一來，顯而易見的是她那些答覆，將成為女生們炒話題的最佳燃料……

「她不能原諒的，真的單純是主角沒有老實講嗎？」

「啊……嗯，那當然了……」

「既然如此，要是主角老實說自己『比較喜歡青梅竹馬』，她就釋懷了？她會祝福主角和自己的好朋友？」

「咦……？」

「啊～美智留學姊，妳要問得那麼深嗎～」

退一步來看，那根本是偷換論點。

畢竟男主角隱瞞的並不是「跟巡璃的好朋友交往」這件事。

「假如妳不曉得，就用三選一的方式回答我吧。
1.跟以往一樣，錯的是主角沒有老實說。
2.其實，錯的是好朋友偷跑。
3.或者說，錯的是主角傾向於好朋友那邊。」

「咦？咦？咦咦咦咦咦～……」
「來吧，限制時間三十秒！」
「唔哇，這好難喔～」
然而心慌意亂的惠，已經沒有推導出真相的思辨力了。

「經過十秒～」
「事、事到如今……問那些，我也已經不曉得了啊……」
「不不不，妳曉得吧～畢竟遊戲還沒有發售喔，現在決定就行了啊。」
「是啊是啊，沒有錯誤答案喔，因為惠學姊的答案就是標準答案。」

「那我更不想回答了。」

「經過二十秒～」

「說吧說吧，惠學姊。」

「說吧說吧，小加藤。」

「這是製作遊戲必須的步驟喔。」

「沒錯沒錯！小加藤的決定，會反應在圖與配樂喔。」

「這非得請副總監幫遊戲決定方針才可以！」

「哎喲，妳們真的只會在圖方便的時候叫我副總監……」

「五！四！三！二！」

「真是夠了……妳們倆都把耳朵借我一下！」

於是，儘管現場根本沒有別人……

惠還是對她們揭露藏了快一年的……不對，剛才想到的設定。

「唔哇啊啊啊啊～！來這套喔～！」

「學姊比我想的更進取耶～！」

「噯，這終究只是『設定』喔，我只是做了以故事情節來說會有趣的解釋喔，並不是我個人的見解喔！」

惠的答覆是她們三個之間的祕密，因此在這裡不予公開。

不過，如果只透露一點的話……

那就是她的答案，並非三個選擇之一。

而是在三個選項裡，過錯各佔多少的「比例」……

※　※　※

劇情事件編號：巡璃19

種類：個別劇情事件

條件：巡璃18過後就會發生

概要：巡璃和男主角第一次……

「關於這個劇情事件我不做任何討論，也不會給任何反應。」

「好嘛～好嘛～！」

「拜託學姊通融～！」

時鐘的分針與時針都快指向正上方了。

這表示，已經到了深夜。

「話說我們來工作啦。妳們倆從剛才就沒有畫素描，也沒有在作曲耶，妳們只是在審問我兼起鬨吧？」

「啊～啊～不該講的話被說出來了～」

「對創作者說『沒有在工作』是犯大忌喔～惠學姊不配當總監喔～我們的動力都直線下滑了喔～」

集宿開始之後，將近八小時。

基於動工前提倡的「分享叶巡璃這個角色」之理念，她們三個幾乎都不休息地忙個不停，一面檢驗之前寫好的巡璃個別劇情，一面召開依舊嗨到不行的女生聚會。

於是，她們討論的巡璃劇本終於在剛才來到了最後一個劇情事件──「巡璃19」，出海與美智留的情緒都衝向最高潮，為尾聲做點綴。

話說，邁向最高潮的理由不是因為這個劇情事件就是最後……

「畢竟這是吻戲喔！吻戲！」

……嗯，就是這麼回事。

「要說的話，每個女主角都有那種橋段啦～不過主線劇本的用心程度果然不能比耶～」

「對啊對啊！就是那樣！該怎麼說呢？內容好有真實感，這該不會是實際經驗談吧～！」

「…………」

「…………」

「…………我說過不會對此做討論了吧？」

而正因如此，惠的情緒也相對地直線下滑了。

「我們不會深入探究！妳只要回答『ＹＥＳ』或是『有』就可以了！」

「所以呢，你們是不是實際親過？學姊真的實踐過這段劇情的吻戲嗎～！」

「抱歉，麻煩妳們先告訴我，要拒絕幾次才能讓這個話題結束。」

相對地，惠越是擺出冷漠的態度……

「妳會那麼明確地拒絕回答～就代表～！」

「那已經等於是在說『ＹＥＳ』了吧～！」

……嗯，越會讓狀況變成這樣。

「總之我不會回答的。」

「咦～」

「為什麼呢～？」

「畢竟，無論說『有』或『沒有』都是在公開情報，對不對？等於我的祕密會洩露出去，對不對？」

「唔……唔～」

「這、這個嘛……」

那番反論以腦袋已經昏昏沉沉的惠來說，是久未出現的合理反駁。

「所以嘍，這件事就到此結束……」

「……換句話說，這表示對小加藤而言，被人懷疑有跟阿倫接吻的可能性比較符合正常的狀態吧？」

「咦……？」

可是，正因為合乎道理……也會可能被人用道理算計。

「表示在妳的認知裡，如果否認的話，會讓大家都覺得阿倫跟妳在交往，甚至讓自己變得幾乎沒有祕密吧？」

「冰、冰堂同學……？」

「呃，美智留學姊，所以那是什麼意思呢……？」

那種拐彎抹角的遣詞用句非常不符美智留的作風，而惠聽得臉色發青，出海則眼睛昏花。

「換句話說，小加藤是想用剛才那種態度來暗示：『無論有沒有接吻，阿倫的真命天女除了自己以外不作他想。』的意思喔。」

「等一下，等一下，冰堂同學？」

「咦、咦、咦咦咦咦咦……？是、是那樣嗎？」

美智留那尖銳過頭（對於這種觀感本身，惠的認知是「真的是那樣」，不過當下先擱到一邊）的指謫，還有「不符她作風」的遣詞用句，都讓惠的恐懼與異樣感逐漸增強。

這麼說來，不只是剛才，今晚的美智留跟平常不太一樣。

既尖銳又纏人，淨會戳到惠的痛處。

不，若是依循記憶，還不只今晚。

沒錯，那份敏銳是沿自昨天在咖啡廳見面時……

「……先等一下。」

這時候，惠在陷入那座思路迷宮的前一刻，終於看到了連結著自己感覺到的異樣感真面目的線索。

「冰堂同學……那副耳機。」

「咦？」

惠也知道美智留從剛才就一直戴著耳機。

不過，惠以為那是她之前彈吉他時留下來的。

但是到了現在，惠內心的聲音對那項認知發出了清晰的警告。

『妳從什麼時候有耳機和吉他接在一起的錯覺？』

「……妳用那個在聽什麼？」

「最、最新的動畫歌曲啊！」

沒錯，仔細一看，耳機是跟智慧型手機接在一起。

換句話說，那不是為了防止吉他聲外洩。

「還有，妳夾在T恤的那顆耳機麥克風……」

「咦？咦？咦？」

「美智留學姊……？」

另外，只要凝神觀察，這也是從剛才就一直看到的東西。

在美智留的T恤領子上，有顆隨手用夾子別著的小小麥克風……

「冰堂同學……難道妳？」

「妳、妳、妳……妳在說什麼啊～」

在惠的頭腦裡，此刻，有副拼圖正在迅速拼湊成形。

美智留的追究變得緊迫盯人，很顯然就是從昨天開始的。

而且，當時還發現有邪惡劇本寫手準備了「加藤惠勸說計畫」的腳本，在背後穿針引線。

「……那副耳機借我一下，麥克風也是。」

「裡、裡面沒多少歌喔～」

「借我就是了。」

「……好。」

既然如此，美智留現在這種不符作風的尖銳追究，還有討厭的先發制人。

假如跟昨天一樣，不，假如這是比昨天安排得更巧妙的陷阱呢……？

「呃，喂喂喂，妳聽得見嗎……霞之丘學姊？」

『您用的這條線路，目前並未啟用～』

「唔……」

「咦？咦？這是怎麼回事，美智留學姊～！」

那熟悉的嗓音和裝蒜的應答，讓惠弄懂了一切。

之前的審問全都是「攻心阿詩」做的好事。

不知不覺中，她已經隨著那位狡猾黑心作家的劇本起舞超過八小時了……

「冰堂同學……」

「哎、哎、哎呀～其實呢～是學姊來拜託我～說無論如何都想協助我們製作遊戲～」

「呼哇……那我們直到剛才其實都不是三個人在討論，而是一直都是四個人在討論嗎？」

「為什麼，要那樣做……」

「要說的話，畢竟……阿倫跑去她們那邊了，以學姊的立場來說，當然會覺得有愧於小加藤吧？」

「唔……」

「既然如此，為什麼要用咄咄逼人的方式來回報對我的愧疚？」、「那就叫恩將仇報吧？」

像這樣，雖然冒出了一大堆差點脫口而出的想法……

「……感謝妳的用心，霞之丘學姊。」

即使如此，惠在提出那些牢騷或疑問之前，還是先表達了相當相當沒誠意的感謝之語。

「那麼，我們就這樣繼續吧……繼續開製作會議。」

「咦？」

「惠、惠學姊，這樣好嗎……？」

而且，她沒有趕走或忽略詩羽，而是選擇接納。

「那這次換我問大家了喔……妳們覺得，我跟倫也有在交往嗎？」

惠已經氣到這種地步了。

「啊啊啊啊啊啊啊啊啊啊啊啊～！」

「噫噫噫噫噫噫噫噫噫噫噫噫～！」

……應該說，她選擇跟詩羽正面對決。

「…………」

「…………」

「…………」

波島家的客廳被沉默支配著。

緊繃的氣氛讓所有人口乾舌燥。

然而，誰也沒有勇氣打破這種連吞口水都很大聲的沉默，而沉默又持續了幾秒……

「那個問題……如果我們回答了，妳當然會告訴我們答案吧？」

不久後，美智留開口了……

「妳會跟我們對答案，對吧……？」

不，那只是藉由美智留之口發出的遠距離攻擊。

「我跟他，並沒有在交往喔……『還沒』。」

「唔咦咦咦咦咦咦咦咦咦咦咦〜〜〜！」

「哇啊啊啊啊啊啊啊啊啊啊啊〜〜〜！」

而惠這邊也充分預料到對方的飛彈，斷然先採取迎擊。

「哎、哎喲真是的，學姊……有話妳直接跟她說嘛〜！」

然後，美智留承受不住這種緊繃的氛圍，從智慧型手機拔掉耳機，擺到三人的正中間。

『謝謝妳極為高姿態的作答，加藤……』

緊接著，從切換成喇叭模式的智慧型手機，這次響起了詩羽強烈追究的聲音。

「……聽起來有那麼高姿態嗎？」

『畢竟妳敢問我們這個問題，就表示妳相信其他人沒有可能性……相信自己就是跑在最前頭的人，對不對？』

「這……」

『表示妳不會對伙伴、對好朋友客氣，對不對……？』

「…………」

『…………』

然後，又是一陣沉默。

但所有人都不認為現場就此變得安靜。

因為在那裡——不，在現場所有人的腦子裡正響著兩人為爭奪主導權而互毆的聲音。

「巡璃她……」

『巡璃……？』

「是的，我在談巡璃。」

接著，當惠再次開口時……

之前強硬發表主張的她退讓了半步，再次把立場交給作品中的登場人物。

「巡璃是重視伙伴的，她喜歡自己的好朋友。

……『設定』上就是那樣的。」

「美術社的好朋友讓她感到擔心，不敢移開目光。

新入學的學妹個性積極，讓她感到憧憬。

輕音樂社的同年級同學開朗大方，讓她得到引領。

但是，只有高一個學年的學姊看透了巡璃的許多心思，所以她有點害怕。」

「不過呢，霞之丘學姊……這是美少女遊戲。

這是男女主角之間的戀愛故事。」

「所以，女主角非得在不知不覺中喜歡上主角……

她非得把朋友和主角擺上天秤，做出選擇主角的決定。」

第一女主角的心境，就是如此。

……這也是『設定上』的內容。」

然而，惠把第一女主角的位子讓給了遊戲角色……

面對其他實際存在的人物，她卻萬萬不肯讓。

「呃，也就是說，惠學姊——不對，巡璃她……」

「她不會把主角讓給任何人？無論對方是好朋友、學妹、同年級的同學或學姊？」

「嗯……」

雖然那聲回答就像呼吸一樣，音量與心思都小小的。

不過，當時她的眼睛之水亮，嘴唇之潤澤，臉頰之紅暈，還有整張表情的均衡度……活脫脫就是第一女主角。

因此，出海與美智留都不得不神馳於自己在場的幸運，以及往後自己負責製作的部分會因而變得多困難。

畢竟，她們必須將這個十分可愛美麗又嫵媚的第一女主角，在二次元重新構築出來才行。

『妳要原諒主角？

明明他背叛了巡璃好幾次？

明明他放不下自己甩掉的那些女角？』

語音通話
霞之丘學姊
結束通話

「巡璃她呢……
肯定是那樣子的女生喔。」

面對詩羽……不，面對學姊型女角有些壞心眼的追究。
巡璃仍一面顯露苦笑，一面擺出認命的表情。

「不過，對於讓我發現那些設定……
不，對於強迫我發現那些設定的好事分子，
我也有滿多話想說就是了，妳懂吧？」

……同時，為了營造那張表情，已經借助多少的人力，花下多久的時間，她都了然於心。

「叶巡璃這個角色呢……
並不在乎對方是不是大帥哥，
也不在乎對方有沒有投注比任何人還深的愛。

普通就好。

不過，有一絲絲不普通的地方也無妨。」

「就算對方會添麻煩，怪裡怪氣，又不懂察言觀色……

她都覺得，只要不惹她討厭就好了。

只要有類似那種感覺就好了。」

實際上，她們製作的這款遊戲裡的主角，並不普……也還算普通。

長得還算帥氣，對運動還算擅長，有些不擅長讀書。

在美少女遊戲裡滿常見，具通用性的「隨處可見的吃香男主角」應該是她們的製作目標。

因此，惠談到的主角形象顯然背離了遊戲中的人物。

那不是巡璃會喜歡的主角。

「因為不覺得討厭，所以沒辦法。

就算旁人看了會覺得奇怪，會覺得不相配，

但她並不覺得討厭，所以沒辦法。」

「因為她第一次碰到那樣的人，所以沒什麼不好。

說不定，下次還會出現更不討厭的人。

但是，她不想要為了下一個對象，就特地冒險捨棄將目前的歡愉。」

「畢竟，我是個怕麻煩的人。

雖然我最近常常被別人嫌麻煩，

不過，我自己很討厭麻煩事。」

而這次，應該用「巡璃」來敘述的部分，惠都口誤講成了其他詞……

即使如此，她已經連訂正都嫌麻煩了。

「我跟妳說，霞之丘學姊……」

所以，連質問的對象，也不必是遊戲角色了。

「對妳來說，倫也或許是個非常特別的人。
可是對我來說，他一點都不特別。他很普通。
正因為這樣，我才覺得……他很好。」

「或許妳不能認同，或許妳會對我反感。
但是……我才不管那些。」

『…………』

「…………」

「…………」

接著，沉默又暫時降臨於周圍。

「啊哈、啊哈哈……」

不久後，惠自嘲的笑聲開始微微響起。

「對不起喔，感覺……感覺，我好像闖禍了……」

『不要緊。倒不如說，那就是我們的目的。』

「不過，坦白講我是沒想到小加藤會認真吐露這麼多啦。」

「真正的巡璃……我拜收了。」

「啊哈哈……呵、呵呵……」

然後，惠的情感有如決堤一般，慢慢地，慢慢地——

在頃刻之間，從笑意，流往其他方向。

「唔……嗚、嗚嗚……啊……」

具體來說，是流向悲傷、懊悔和落寞。

「但是……但是呢……」

伴著鼻音、眼淚及啜泣。

「在『設定上』，我明明是這樣的……

為什麼……在我的劇本裡，要有『轉』的情節存在呢……」

「為什麼……第一女主角非要傷心，非要被推落谷底……

才會讓人覺得有趣呢……！」

因為事到如今，情緒才沁入了心底。

當下，這個集宿地點不是「往常的老地方」。

當下，在這場集宿中沒有「往常的那個人」。

明明對他來說，理所當然要陪伴於身邊的自己在這裡。

總是理所當然地想把她留在自己身邊，那個傲慢的他。

為什麼沒有像往常一樣，顯示出煩人的存在感呢……

「掌握幸福的考驗與我無關喔。

我才沒有追求那麼誇張的幸福。

有了考驗，之後的快樂結局就能體會得更深刻。

那種說法……那種說法，是不是錯了呢……！」

「平安就好，普通就好。

相對地，幸福這種東西，有一點點就夠了。

所以……我明明根本不要『轉』的……！」

「嗚嗚……嗚、嗚嗚……嗚啊啊啊啊……！」

不知不覺中，那已經不是啜泣了。

惠撲簌簌地流下眼淚，毫無形象地抽噎，吐露出無論內容及嗓音都糟糕透頂的怨言。

此外，圍在惠身旁的人，面對她的痛哭，有人擺出不知所措的表情，有人則帶著崇拜的表情凝望……

『就算現在聽到妳哭，我也沒有任何感慨呢。』

還有人無法從這裡看到表情，卻用足以將臉色鮮明傳達過來的煩躁語調回應。

「嗳，學姊……」

『畢竟自己劇情線的考驗，就要自己想辦法。』

詩羽還止住想幫忙說情的美智留，將惠的怨言輕易拋開。

『十年嘍，我認識那傢伙，已經十年了喔……』

『可是，為什麼？為什麼？為什麼嘛？』

這是因為……

她才剛親身體會過比這更加慘烈，意義真切的哀傷痛哭。

※　※　※

『加藤，身為專業人士，我要指點妳……』

後來，在詩羽的聲音再次從智慧型手機流洩出來前，大約過了三分鐘。

『「轉」之於故事是否不可或缺，這是妳問的對吧？』

算準惠稍微冷靜下來的那道聲音比剛才沉穩一點，也比剛才溫柔一點。

『答案是……有也無妨，沒有也無妨。那種取捨，端看故事之神高興。』

然而，內容依舊有些辛辣。

『只不過，在妳的故事裡剛好有罷了。

或許那是壞心眼的創世主詳加安排的情節。

又或許是命運之神一時興起，才突然發生的情節。』

『然而，對於身處當中的我們……對於角色來說，

那只是發生在日常生活的「事實」喔。』

『就算哀嘆那一點，否定那一點也無濟於事。

只要肅然地走向快樂結局就行了。

用普通的努力，克服位於當下的「轉」就行了。

那單純是日常中的營生行為喔。』

詩羽的那些話可以當成鼓勵，也可以當成敷衍……

而惠照她所說的，肅然地接受指點。

『妳明明辦得到那件事。

不，明明只有妳辦得到那件事。

可是，妳還為了這點問題而舉棋不定，真是個讓人惱火的女生……』

「妳的意思是，我不配當第一女主角……？」

因為她說的話全都合乎道理，全都刺耳難聽。

而且，全都叫人惱火。

「不配也沒關係啊，小加藤。」

「我們幾個，會全力將惠學姊拱上去的。」

「會用小波島的圖跟我的配樂幫妳補強，然後矇混過去。」

「要用矇混的啊……」

「當成女演員上妝就完全ＯＫ喔！」

「話說～小加藤的自然本色很不妙耶，像這樣的隱形地雷女不好找喔。」

「嗯，美智留學姊說得對，我不否認就是了。」

「妳不否認啊……」

順帶一提，同伴們分不清楚是在打氣還損人的聲援也都會惹惱她，讓她感到肉麻。

不過，那碼歸那碼，這碼歸這碼……

『所以呢，加藤，妳有什麼打算？』

「我哪有什麼打算……」

『想要我們把倫理同學還給妳嗎？』

「話說，倫也本來就是屬於『blessing software』的。」

『嗯～……我希望妳說得再明確一點呢。』

「我是說，倫也是屬於……就是說呢，他屬於，呃，我的……」

起初帶著氣勢，講到一半卻軟掉的那句宣言……

最後很難聽清楚在說什麼，甚至無法當作證據。

然而，在場沒有不識趣的勇敢之人向惠質疑其中的內容。

終章，同時仍是第十三集的序章

「唔哇，天已經全黑了～」

「出海，不要用跑的喔！一旦從這裡的坡道往下衝，就會停不下來。」

「我肚子餓了～！學姊，要不要去哪裡吃飯？」

「吃飯是可以，不過我可不吃咖哩喔。」

「啊～夠了，我想睡得像爛泥一樣～」

「大家掰嘍～！」

星期日，晚上八點。

話雖如此，這不是遊戲製作集宿（上一章）的隔天，而是隔週的星期日。

……話雖如此，這仍是遊戲製作集宿（第十二集第九章）結束的夜晚。

說穿了，今天舉行的並非社團集宿，而是商業遊戲……《寰域編年紀XIII》的製作集宿。

因為這樣，現在陸續從安藝家玄關走出來的五個人與目送他們的屋主，其實是「blessing software」與「紅朱企畫股份有限公司（但是算外包人員）」混合而成的團隊班底。

伊織急忙追趕快步走下坡道的出海。

而後面有詩羽和美智留並肩緩緩地跟著。

獨自朝反方向爬上坡道，朝著步行路程三分鐘的家走回去的英梨梨。

而在玄關前揮手目送那些成員的，則是在本集初次亮相的安藝倫也。

就讀私立豐之崎學園三年級，同時是遊戲製作社團「blessing software」的主宰兼劇本寫手、集宿場地的提供者，呃，還有惠口中的「背叛者」（不過「姑且」已和解完畢）。

另外，惠明明有一起參加集宿，之所以沒有出現在此時此地是因為……

這個嘛，呃，應該說是時間稍微錯開，還是該稱為微妙的偷跑行為呢？

不過在這裡就先不提那些了……

※　※　※

「所以情況如何，出海？」

「……嗯，手到擒來！」

伊織總算追上率先下斜坡的出海，然後在肩並肩的同時，兩人就像約好了一樣，露出得逞的笑。

……話雖如此，其中一方是充滿著邪惡神情，另一方則是純粹的「得逞」之色，這就滿耐人尋味的就是了。

「那麼，妳偷到了吧？柏木英理的畫技……」

「嗯！偷到了！我當著她的面完全理解澤村學姊的畫法了喔！」

雖然說，伊織會派以出海為首的社團眾成員，參加幾乎只對紅朱企畫有好處的這場聯合集宿……目的當然是要讓對方的遊戲盡快完成，把倫也帶回來，也是為了社團好。

但除此之外——不，更重要的是，伊織還有「讓出海近距離接觸神級插畫家柏木英理的作畫手法，促使她突飛猛進」這個為了社團、妹妹與自己好的目的。

「其實呢，我在想能不能設法把她的作風教本化。那樣一來，我就可以讓親手帶大的插畫家全部練成她的畫法，將來我率領的柏木英理系插畫家軍團就能席捲業界……」

「……你好久沒有這麼賊了耶，哥哥。」

「嗯，要說的話，這才是我的真面目啊。」

正如伊織所言，他露出可比紅坂朱音的賊笑。

「倫也同學很注重這方面的道義，所以一直都不肯透露。再說他也不是插畫家，所以幾乎無法理解她用的技巧。正因如此，出海，這次我才會把握機會派妳出馬。」

「而且你還派自己妹妹當先鋒，真是賊到極點了……」

「總之，回家以後趁著還沒有忘記，妳要把學到的東西全部寫出來。她秀了什麼樣的技術？用的是什麼軟體？常用的操作指令是？我對她繪畫性筆觸的特效尤其感興趣……」

「沒有那麼詳細的內容可以告訴你喔，畢竟我學到的只有一點而已。」

「只有一點……那妳學到了什麼？」

「嗯，那就是……『柏木英理的做法根本不能當參考』這件事。」

「………啥？」

然而，伊織聽到出海輕描淡寫的一句話後，臉上的表情及上揚的嘴角就僵住了。

「那個人的作業方式，簡直土法煉鋼到嚇人的地步喔。我猜呢，哥哥以為要用數位技術加工的部分，也幾乎都是用筆畫出來的而已喔。反過來說，她把圖掃成數位檔案後，幾乎都沒有做什麼處理喔。」

「喂喂喂，出海，妳別那麼瞧不起我。我確實不是繪師，所以沒有妳那麼清楚。可是，我好歹也曉得她那種精緻又準確的筆觸，不可能完全不經數位化處理就能呈現……」

「………」

「……真的嗎？」

「所以澤村學姊也都沒有對我藏招啊……她那種態度，就是知道我不可能模仿得來。」

「當真……？」

「該怎麼說呢，那已經是異次元了，神〇病才會像那樣用土法煉鋼的方式處理畫作。假如想模仿的話，只能以畫家身分向她拜師嘍……」

「我的老天……」

伊織看到出海如此淡然、嚴肅且坦然認輸的態度……事到如今，他才感到背脊發寒。

畢竟出海在過去曾經被柏木英理重挫，導致下筆失去掌控。

而現在，伊織深信她已經克服那段低潮期，覺得肯定沒問題才把人派出去，卻看到當插畫家的妹妹沉醉於高超繪師的變態技巧，被人拍下爽歪了臉加雙手比ＹＡ的錄影畫面寄回來……呃，不對，並沒有那回事……

「不過，沒問題的喔，哥哥。」

「出、出海……？」

這時，伊織難得一臉慌張，但出海用堅定的眼眸注視著他。

「因為就算那樣，我還是從柏木英理身上偷了不得了的東西回來……」

「咦？那、那是指……？」

出海打的啞謎可以想像到許多種答案，讓伊織懷著禱告之意回望她。

「那就是……動力啊，哥哥！」

「啊……喔～嗯。」

「我偷到了無論被甩開多少次，都會緊追而上的心智喔。

那個人從紅坂朱音身上偷來的東西，我也偷到了喔。」

「哈哈……說得對，太好了呢，出海。」

儘管伊織有所安心，有所洩氣，有所訝異，各種情緒來來去去……

即使如此，他總算把苦笑擺回自己的臉上。

畢竟，那大概是伊織再怎麼玩弄手段，也無法親自交給妹妹的東西。

因為那是心靈純潔……不，那是再怎麼受到汙染也會拚死求進步的人，才能繼承的東西。

「那麼……下次就換我們了喔，出海。」

「說得對，哥哥……」

「我們『blessing software』絕對不會再屈服……我們總有一天要稱霸同人界，然後浩浩蕩蕩地打進商業領域。」

「倫也學長會有意願嗎？倒不如說，惠學姊肯奉陪到那種地步嗎？」

「唔、唔嗯～妳說的確實有道理。那就表示欲射將，先射馬吧。」

「哥哥，你說的立場錯了……好像也沒錯耶。」

※　※　※

「學姊辛苦了～」

「這次我又沒有出多少力……」

坡道差不多走完一半的時候，美智留就嘀咕……不，她用一如往常的聒噪嗓音對詩羽說慰勞之語。

「妳在說什麼啊～學姊，妳不是從上星期就一直在管我們這邊的閒事嗎？」

「誰曉得妳在說什麼……不對，因為那樣害妳們忙得團團轉，真不好意思。」

詩羽一度想要裝蒜，不過面對最了解這次風波的人……應該說，她明白那對頭號相關人士不會管用，就乖乖地回嘴慰勞美智留了。

「不會啦～反正我才不可能說服小加藤。我只是判斷為了社團好，就要請學姊幫忙才對。」

話雖如此，事情果然像美智留所說，在這一星期之間，最積極處理社團相關問題的人肯定是詩羽。

為了解決惠與倫也這對冤家……這兩個人的問題，把惠拉來參加集宿，還誘導她說出真心話（雖然有點洩露過頭），靠的是詩羽在短短幾小時內寫出來的劇本之力。

在惠變得坦率以後（儘管鬧過一陣子脾氣），詩羽仍為了做各種調整而東奔西走。

詩羽掌握到雙方製作遊戲的期程，調整日期好讓兩邊的團隊會合並和解，再說服依然想要賴的惠，讓她獨自到倫也身邊……

「這不像平時標榜個人主義的學姊呢……還是應該說，這不像對阿倫專情的學姊呢？」

「繞到最後，我還是為了自己喔。」

「是那樣嗎？」

「老實說，為了製作《寰域編年紀XIII》，他真的是必須的人才。要保住他的動力，就必須守護社團、守護加藤……守護他應有的歸宿。如此而已。」

「唉，雖然學姊為此所做的事情非常狠呢。先是逼我服從，挑釁小加藤，到最後更把其他人都推落懸崖……」

「……要讓作戰成功，多少有犧牲也是不得已的喔。」

「就我來看，倒覺得是烽火燎原耶。」

以美智留來說，那樣的比喻實在太過準確而刺耳，使得詩羽厭惡地抬頭看向身旁比自己高的少女。

「不過，沒關係啦……畢竟學姊連自己都燒得不留痕跡了，我沒什麼好抱怨的。」

但以美智留來說，那樣的比喻實在太過準確而心痛，使得詩羽把目光轉回自己的腳邊。

「嗳，學姊……」

「怎樣？」

「……已經可以哭了喔。」

「唔……」

還有，以美智留來說……

理應粗枝大葉而開朗，讓詩羽難以應付的她，說出充滿體貼又憂愁的話……

「……很遺憾，我根本還沒有死心。」

「真敢說耶……」

這次，詩羽將臉轉到和美智留相反的方向，然後抬頭仰望以東京來說，難得有星星閃耀著的晴朗夜空。

「即使如此，我還是覺得沒必要哭。」

詩羽擠出那句話，是在仰望天空以後慢慢數十秒後的事。

「雖然這確實不好受，也比想像中還要令人悲傷……不過，我也經歷了許多那這不相上下，開心、快樂的事情。」

「…………………………這樣啊。」

然後，面對詩羽花了那麼長時間表達的想法。

美智留也花了差不多長的時間來回答她。

「畢竟，待在他身邊，讓我與人有了聯繫。

我可以和聯繫的人們作同樣的夢，品嘗同樣的喜悅。

更重要的是，我認識了堪稱生涯盟友的寶貴伙伴。

還交到了有點像損友又無關緊要的伙伴。

……對三年前曾被稱為黑長髮雪女的女人而言，這三年已經太豐碩了。」

「……那些話，我就不對小澤村提嘍。」

接著，面對詩羽花更多時間與言語表達的想法。

美智留拍了拍她的背回應。

「很痛耶。」

雖然對詩羽來說，那樣的肢體接觸稍嫌力道過猛。

「哎喲～有什麼關係嘛，今天我請客。學姊就儘管吃吧！」

「我在這種時間才不會吃那麼多，會胖的。」

即使如此，她們倆之間的距離沒有變遠，也沒有縮短。

「學姊，妳也要多活動身體啦。對了，下次要不要來參加樂團練習？會瘦喔。」

「不用了，我不想變成像妳一樣的大饕客。」

兩人保持著有點像損友的距離感，走在相同路上。

至少，有一陣子是這樣。

「順帶一提，無論阿倫交不交女朋友，我都沒什麼關係喔。」

「是嗎？」

「我會跟之前一樣泡在阿倫家，也會要他繼續當我們樂團的經紀人……因為我們是一家人，所以永遠都會有聯繫。」

「……隨妳高興。」

「不過，我本來就不需要向學姊交代這些啦～」

「…………」

「…………」

「噯，冰、冰堂同學，偶爾就好了，妳能不能當我去他家時的藉口？就說我們是約在那裡碰面的。」

「喂，妳真的不死心嗎？」

※　※　※

「唔哇……」

背靠大樹，坐在草坪上仰望天空，可以發現那裡有著一年在東京可能都看不到幾次的一片澄澈星空。

英梨梨連忙從包包裡拿出素描簿與鉛筆，專注地將那些星星繫留於紙上。

……明明直到剛才已經畫了那麼多圖。

明明曾想要睡得像爛泥一樣。

當其他人別說是回家，就連車站都還沒抵達時，英梨梨早就已經到家了。

而在她穿過大門，漫步於離宅邸算有一段距離的路途中……

多虧英梨梨無意間停下腳步仰望天空，此刻，她留白的素描簿在不知不覺中變成風景畫了。

守護她背後的大樹遮住了她朝天空看去的一部分視野，可以從樹枝縫隙間窺探到星點。

她的鉛筆就像在歡迎那絕妙的點睛之效，鉅細靡遺地將樹枝捕捉下來，讓夜空、星星與群樹的枝枒一一浮現於紙上。

「啊……」

仔細一想，她看過好幾次像這樣的夜景。

畢竟，這棵樹的枝頭伸到了與她房間相通的二樓露台。

換成小時候，只要從那裡稍微伸手，要抓著樹枝溜出宅邸不過是小事一件。

……要兩個人一起溜出去，同樣是小事一件。

「……呵呵。」

英梨梨一面輕笑，一面改換原本以鉛筆奮力作畫的速度，並且稍微改變筆觸。

她將剛剛想起來，其實不太想回憶起的景色，逐漸融入當下的風景。

星星與夜空，變得更加鮮明。

樹木及枝椏，變得更加高大、雄偉。

而樹底下，有扭到腳的女孩，與借肩膀給她的男孩……

「…………」

不，結果她沒有讓那兩個孩子沒有出現在畫裡。

相對地，好比給這張圖的大優待，她多畫了實際上並未看見的流星。

即使視野暈開，讓眼睛所見的星星形狀模糊……

英梨梨仍動員腦海中的所有印象來作畫。

畫出從自己臉頰滴落的，那顆流星……

※　※　※

「……大家都已經回去了？」

「……是啊。」

如此這般，在所有人離開安藝家，不見身影也不聞其聲的時候。

總算善後完畢準備回家的惠，從玄關門口探出頭來。

她會像那樣錯開時間，究竟是跟往常一樣熱心的結果，還是微妙的偷跑行為，就只有晚離開的當事人自己曉得了。

「那麼，我差不多也該……」

「我送妳到車站。」

「不用。」

「我要送。」

「不管。」

「……感謝。」

就這樣，只有當事人曉得那是勉為其難還正中下懷，即使如此，惠仍跟倫也並肩走下坡道。

先不管是那一方有意……

不，如果雙方都沒有意願，絕對不可能走得那麼慢。

「結束了耶～」

「根本就沒有。」

「咦～」

「我們的遊戲根本、完全、一點也沒有完成啊。」

「至少今天讓我忘記那件事嘛……」

「你明明已經忘了兩個星期以上。」

「唔～」

倫也親暱的語氣……應該說，「以他的性子」而言可以感覺到別有用心的親近方式，讓惠回以這陣子已經暴露無遺的「女生」反應。

「我現在就想讓你看喔……在這幾天之間，出海跟冰堂同學有多麼努力……」

「伊織也是吧？」

「我也是喔。」

「那我已經算進去了。」

「哼……」

迄今被迫流下的眼淚，被迫承擔的痛苦，被迫蒙受的恥辱。

還有那些辛酸都被洗刷後的幸福感。

那一切的一切，全都從她的言語、態度和表情表露而出了。

「我還沒有原諒你喔。」

「我不覺得自己已經被原諒了。」

「既然這樣，你是不是應該表現得愧疚一點才合情理呢？」

……呃，關於身旁的御宅族少年可以從中感受到幾成，她倒是不抱期待。

「是我不好，真的很抱歉……接下來無論是什麼事，我樣樣都肯做。」

「樣樣都做是當然的啊……而且離冬COMI已經不到兩個月了。」

「哎呀～真的不樣樣都做的話，就會趕不上呢～」

「假裝道歉後靠耍寶來逃避，這我不能接受耶。」

「……對不起。」

即使如此，正因為不抱太大的期待……

惠現在才能得到莫大的喜悅，這在她心中也是不爭的事實。

畢竟，理應膽小的少年，在此刻握了她的手。

他一面說笑，一面用熱得發燙的手，將她的手指頭，一根一根地纏住。

「還有，我也不能接受你在道歉時賊笑。」

「呃，那是因為……我很高興嘛，沒辦法。」

「我明明這麼生氣。」

「是啊，妳已經肯對我生氣了……之前（第七集），妳有兩個月都不肯生氣的說。」

「……早知道我就不回來了。」

「這些統統都表示，我有稍微成長了一點吧？妳想，這次我就有確實報告跟聯絡。」

「但是沒有商量就是了。」

「不過，妳也說過不是嗎……『明明倫也所做的事情，或許才是真正正確的』～」

「什麼都不想就盜用別人的台詞，你既沒有創作意願也不夠細膩呢。」

「是的，對不起，是我不好。」

他一面佯裝在戲弄她，一面也將她的手、她的手指頭，用力再用力地握住。

那讓她差點脫口取笑：「很痛啦。」他就是如此主動，如此單方面地施加蹂躪。

……至少，她的腦子裡是那麼認知的。

「那麼，這次我會好好地道歉……妳要聽仔細喔。」

「嗯，這次你要誠心誠意，正經地說喔。」

「……我發誓自己會順著良心，對妳毫不隱瞞，也不講假話。」

「……你把自己逼得真緊呢。」

「嗯，畢竟這次絕對不容我撒謊。」

「咦……」

被他用那樣的態度，還有手握著的力道綁住，惠的全身僵硬。

莫非他……不，再怎麼說，這次沒有什麼莫不莫非，惠的思緒差點就這樣原地打轉。

即使如此——不對，正因為如此，惠把繞行全身的熱量集中於腦袋，擠出智慧與勇氣。

她想從幾十種套路——不，從數量比那多了好幾個位數的套路中，找出「用以致勝」的反應方式。

「我、我想告訴妳……」

「…………」

無論被說什麼，都要淡定。

就算被辜負，也不能哭。

就算得到回報，也不能哭。

就算對方天外飛來一筆，也還是不能哭。

不過，假裝傻眼是可以的。

苦笑可以讓自己佔到優勢。

要是能想出一句尖酸話，那就更棒了。

雖然說，對方根本不會用心機。

即使如此，還是要做好萬全準備，非贏才行。

要她示弱是不可能的。

「惠……我喜歡妳！我喜歡三次元(現實中)的妳！」

「那句『現實中的』不需要吧？」

「…………喂。」

畢竟，在這幾天……

她的心裡一直想著他，就算小小地如此回敬，也完全不至於遭天譴……

後記

大家好，我是丸戸。

《不起眼女主角培育法》Girls Side（以下稱ＧＳ）的第三彈，勉強趕上在動畫播映期間內推出了。

在主角倫也的觀點無法詳盡描述，描寫各女角想法的這個系列，一回神終於也來到了第三冊了。

推出這個系列正好是在動畫第一季的播映時期，為應付各界要求在檔期內寫一本書出來的壓力……不對，為了回應各界期待，我提議用過去的短篇積稿，搭配另一半新寫的內容湊合……整理成冊，這就是ＧＳ的開端。

然而，推出以後評價意外的好（先不管那些原本都是該放進正篇的內容），多虧於此，才能像這樣繼續推出第二、第三冊，但不知道該不該說是因此所致，沒透過倫也眼鏡呈現的女角們在各方面更加強調自我，擅自變得越來越麻煩……呃，變得越來越有魅力，要掌控韁繩也實在不容易，有許多部分駕馭不住，讓我抱有程度相當的樂趣與苦處（像這集的詩羽、英梨梨還有惠簡直……）。

從GS1推出後的第八集算起，女主角在這裡的自我主張更開始回饋到正篇，讓劇情無法照著倫也（或丸戶）的盤算推動，雖然那種角力好像也不是沒有成為故事發展的核心……呃，我並不覺得故事有將本身對女性的偏好如實反映出來就是了。

實際上，看了讀者對作品的感想，我發現有意見認為倫也都不會照盤算行動，不過從寫作方的觀點來看，目前會照著自己盤算採取行動的，只有倫也而已啊……

先不提那些了，我想在這本書推出時，TV動畫第二季《不起眼女主角培育法♭》應該正在熱烈播映中（註：此指日本的情況）……應該說，大概已經快要播完了。

唉，由負責系列構成與腳本的我說這些也滿尷尬的，但是劇情在中期以後，就從第一季搖身一變，一路往嚴肅路線走。說真的，原作裡寫到這些橋段的自己到底是處於什麼樣的精神狀態啊？（答案：照常運作）

話雖如此，對奉陪原作到這裡的讀者們來說，應該完全在容許範圍內，希望各位一邊賊笑，一邊期待像第一部最後那樣，有如從坡道上滾落的劇情發展。

至於首次接觸本作就是看動畫的觀眾……呃，請多多指教，我是原作者丸戶。

總之在動畫方面，有以龜井導演為首的眾多製作成員投注心血做出最棒的成品，因此無論是讀過原作或只看動畫的觀眾，甚至是從第二季才開始看的觀眾，希望各位都能欣賞到最後。

然後，若是對內容中意，還請惠顧本作的光碟……原作搭檔也投注心血，替光碟特典添了許多新內容。沒錯，未來的我肯定會努力寫出來才對（咦？截稿日是在……）。

還有正如同以前宣布過的，在下一集《不起眼女主角培育法13》，正篇故事終於要結束了。

在奉陪至今的讀者中，也有人惠賜希望故事還能繼續寫下去的寶貴意見，即使如此，現在請容我至少先將這篇故事做個收尾。

原本在名為輕小說的範疇起頭時，我就沒有打算要描寫主角從高中畢業後的故事，這固然也是因素之一，特別是角色（尤其是加藤惠）在最近自立以後，已經不再不起眼，繼續寫下去將淪為標題詐欺（雖然從一開始就有嫌疑）……應該說，之後難保不會讓作品類別或作風變樣，也是我決定在現階段讓故事完結的理由。

不過，想看之後感情戲怎麼糾結的讀者們……呃，不起眼女主並不是那樣的作品喔，別誤解了喔。

原本我是自信滿滿地抱著「撐到第三集應該不成問題」的想法開始寫這部作品，但後來能累積到十本以上，一律要歸功於……包含各位讀者，所有參與過這部作品的人。誠摯地感謝大家。

啊，要沉浸於感慨，應該等寫完十三集才對。沒問題，內容已經決定好了。是的，到第一章為止……

那麼照例來發表謝詞。

深崎先生，至今蒙受你諸多照顧……雖然這麼說，想到彼此往後與不起眼女主相關的工作量，倒不是完全沒有「啊～要結束啦」的想法，雖然工作真的完全接不完，不過我們依舊要保重身體，彼此都要長命百歲喔（結論是這個？）。

所以說，還剩一冊……

角色們都吵著想從我創造的枷鎖獲得解放，我想我會設法安撫他們，並拚命將故事寫完，因此最後一集還請各位繼續陪伴指教。

二〇一七年　初夏

丸戸史明

Kadokawa Light Novels

獻上我的青春，撥開妳的瀏海 1 待續

作者：凪木エコ　插畫：すし*

要協助超級自卑的美少女消弭障礙，
方法居然是讓她露臉當直播主!?

桃山太郎的青梅竹馬莎琉是異色瞳的金髮混血美少女，但是她有個致命的缺點——嚴重的社交恐懼!!為了幫助不敢掀開瀏海露出眼睛的莎琉，太郎想出了劃時代的方法：「讓她開直播，變身美少女直播主建立自信」！放閃系青春戀愛喜劇，開幕!!

NT$220/HK$68

台灣角川

國家圖書館出版品預行編目資料

不起眼女主角培育法Girls Side / 丸戶史明作；鄭人彥譯. -- 初版. -- 臺北市：臺灣角川, 2018.07-
冊； 公分

譯自：冴えない彼女の育てかたGirls Side
ISBN 978-957-564-293-8(第3冊：平裝)

861.57 107007887

不起眼女主角培育法 Girls Side 3

（原著名：冴えない彼女の育てかた Girls Side 3）

2018年8月16日 初版第1刷發行
2020年10月27日 初版第3刷發行

作者：丸戸史明
插畫：深崎暮人
譯者：鄭人彥

發行人：岩崎剛人
總編輯：蔡佩芬
主編：朱哲成
美術設計：吳佳昫
印務：李明修（主任）、張加恩（主任）、張凱棋

發行所：台灣角川股份有限公司
地址：105台北市光復北路11巷44號5樓
電話：（02）2747-2433
傳真：（02）2747-2558
網址：http://www.kadokawa.com.tw
劃撥帳戶：台灣角川股份有限公司
劃撥帳號：19487412
法律顧問：有澤法律事務所
製版：巨茂科技印刷有限公司
ISBN：978-957-564-293-8